JN212224

すごい短歌部
木下龍也
講談社

すごい短歌部

すごい短歌部　目次

はじめに

本書は文芸誌『群像』の連載「群像短歌部」の第1回～第12回を収録したものです。書籍化にあたって本書のタイトルは『すごい短歌部』としました。みなさんから寄せられたすごい短歌の数々をお楽しみください。

第１回
「群れ」

第１回のテーマは「群れ」です。このテーマは僕が決めたのですが、第２回以降のテーマは編集担当の方に決めていただきます。また、今回は特別に『群像』編集部の方々やその他の部署の方々から短歌をご投稿いただきました。さっそくご投稿作品を見ていきましょう。

ひとのなみ あるきづらいと かんじつつ そのなみのいってきはわたしだ／新井

例えば、通勤ラッシュの駅。だれのことも避けずにまっすぐ歩けたらどんなに楽だろう、と思う。〝わたし〟にとって〝ひとのなみ〟は邪魔であり、いらいらを募らせるものだ。けれど、〝わたし〟もその〝ひとのなみ〟を構成する〝いってき〟なのである。主観ではなく俯瞰で、その〝いってき〟であるという気付きのしずくを〝わたし〟に落とすことができれば、改めて〝ひとのなみ〟に出会う機会の多くなったいま、心がいくぶん潤うかもしれない。すべての言葉をひらがなにひらき、あえて読みづらくすることで、読者にもあるきづらさを体感してもらいながら、あなたもだ、という気付きを促すという工夫が施された一首。

スピッツが歌っていない感情を私が感じるはずがないだろ／山田桃子

これまでは〝私〟に宿るどの〝感情〟も〝スピッツが歌って〟いる〝感情〟だった。予習できているものだった。知っているものだった。だから、安心できた。けれど、日々押し寄せる〝感情〟の群れのなかに〝スピッツが歌っていない感情〟を見つけてしまった。これ教科書にないんだが、と〝私〟が〝私〟へ不服を申し立てているようにも読める。また、二重表現とも取れそうな〝感情を〟〝感じる〟という言葉の選択が、あるひとつの枠をはみ出してしまったことへの焦りを、より一層、読者へ伝える役割を担っているように思う。作者にとっては脈絡があるのだろうが、短歌には前後がないため、読者にとっては唐突に〝スピッツ〟が巻き込まれているように思えて面白い。

ぐだぐだと言い訳のように溢れ出す鈍色の玉突っぱねる釘／上田段

玉貸機にお金を入れて、玉貸ボタンを押すと上皿に玉が出てくる。台の右下のハンドルを回し、スタートチャッカーを狙って玉を弾くが、その玉は盤面上にある釘に弾かれてしまう。パチンコをしたことがないのでググりながら書いたが、光景だけを書けばこういうことだろう。玉は別に〝ぐだぐだと言い訳のように溢れ出す〟わけではない。けれど、そう書かれているということは、ここに作者の感情が投影されているということだ。作者の胸には、他にやらなければならないことがあるのはわかっている、わかってはいるが、という〝言い訳〟があるのかもしれない。だとしたら〝突っぱねる釘〟には作者の胸の内の天使と悪魔の天使の部分が投影されているのかもしれない。その比喩が巧みだ。

きみがくれた変なグミさえ好きになった危ない　今を忘れたくない／つき子

作者のコメントに「恋してるときの、どどどっとヌーの大群がやって来た！ような、わーっとなる感情について書きました。」とあった。その「わーっ」を数年後にも思い出せるように保存しておく器として短歌は最適だと思う。音数としては「きみがくれた／変なグミさえ／好きになった／危ない　今を／忘れたくない」で67677なのだが、恋をして冷静でなくなってしまっている様子の表現として、この字余りは効果的だと思う。また〝危ない今を〟という部分を「危ない今」にしてしまうと意味が変わってしまうので、この一字空けは必要であると思う。字余りも一字空けも、配慮の結果という印象を受ける。はじめて短歌をつくる方は「5　7　5　7　7」のように一字空けを使ってしまいがちで、おそらくこれは標語をつくった頃の記憶に引っ張られた結果だと思うのだが、短歌において一字空けは効果的である場合以外には使わなくてもいい。

シャンシャンを一目見ようと並んだが　残った記憶はルンルンなヒト／松本 悠

パンダを見るための行列。振り返ってみれば、パンダを見ている時間よりも、並んでいる人間を見ている時間の方がはるかに長い。例えば、〝ルンルンな〟を「イライラな」に変えれば、のんびりとしてかわいらしい〝シャンシャン〟と〝ヒト〟をわかりやすく対比させることもできる。けれどこれは頭だけしか使っていない場合に書いてしまいがちなことで、実際の現場に身を置けば〝ルンルンな〟のほうが現実に沿うのだろう。かわいいパンダを見るために並ぶ、かわいい人間たち。頭だけではなく、身体を使って、素直な表現を刈り取ってくる。その大切さを教えてくれた。この短歌を読んで、〝シャンシャン〟を見に行きたくなったが、〝シャンシャン〟は既に中国へ返還されていた。

空耳に父のハモニカ聴きながら　群れを離れて生きてもいいか／猫葉

〝空耳〟とは実際に存在しない声や音を聞いたように思うこと。おそらく遠く離れた〝父のハモニカ〟の音色を思い出しているということだろう。楽器には詳しくないが、〝ハモニカ〟は合奏よりも独奏のイメージが強い。ひとりで〝ハモニカ〟を吹く〝父〟の姿を思い出しながら、あなたのように〝群れを離れて生きてもいいか〟という〝父〟への問いかけ、私から私への問いかけのような下句（57577の77に部分）に行き着く。その問いかけに〝父〟が、私が、どんな答えをくれるのかはわからないが、〝父のハモニカ〟の思い出は、どこに所属していても、していなくても、胸にあり続け、時にはお守りのように、時には行先を照らす光になってくれるはずだ。

てとてとて　服を着た犬　つなぐさき　のそりのそりと　服は着た犬／下津

作者のコメントには「犬は歩き続けます。」としか書かれていなかったので、この短歌の光景について考えてみたい。文章化してみると〝てとてとて〟と〝服を着た犬〟が歩いていて、その犬を〝つなぐ〟リードの〝さき〟に〝のそりのそりと〟歩く〝服は着た犬〟がいる、ということになるのではないかと思う。謎となるのは〝服は着た犬〟である。ラブラドールレトリバーが秋田犬を散歩させている動画を観たことはあるが、そういう光景ではないだろう。もしかしたら〝服は着た犬〟の〝犬〟は本来の〝犬〟ではなく、国家の〝犬〟、負け〝犬〟などの表現において使われる〝犬〟＝人間、なのかもしれない。つまり〝服は着ているが、この人は〝犬〟だ、ということ。こういうふうに読めば〝てとてとて〟という一生懸命でかわいらしい印象を受けるオノマトペと〝のそりのそりと〟という鈍重な印象の差にも納得がいく。助詞の変更だけでこういうことが書けるのは言葉の面白いところだ。

皆思い思いの身体たずさえて湯にとけ出して空を見上げる／たいやき

〝思い思いの〟とは各々が思うままのという意味で、思うままのとは望み通りのという意味である。この意味の通りに受け取るのであれば、この短歌における〝皆〟が〝思い思いの身体〟であるかどうかはわからないはずで、むしろ一般的には望んだ通りの〝身体〟を持つ者の方が少ないのではないかと思う。だから、おそらくこの短歌における〝思い思いの〟は類義語である十人十色の、というニュアンスで使われているのだろう。それぞれに違う〝身体をたずさえて〟であればすんなりと受け取ることができそうだ。57577に言葉を当てはめていくとき、僕は類義語検索をよくするが、類義語というのは同じような意味を持つ言葉であって、まったく同じ意味ではない。ある言葉を、別の言葉に変えるときは、その言葉の意味について改めて考えるようにしている。

もう会えない　母のlineに　メッセージ　夢でも返事　待っているから
／ジョニー

作者のコメントに〝一昨年、亡くなった母のLINEが消せず、時々、メッセージを送ったりします。今の自分の報告をして返事が来たらいいなと思ったりします」とあった。人は日々に揉まれながら少しずつ変わり続ける。それでいいんだと思う。悲しみも喜びも、それを受け取った瞬間と同じ大きさで抱えていくのは難しい。それでいいんだと思う。もしかしたらいつか、メッセージを送らなくなるかもしれない。もしかしたらいつか、お母様のLINEを消す日が来るかもしれない。それでもいいんだと思う。「亡くなった母のLINEが消せず、時々、メッセージを送ったり」するあなたのことは、あなたが忘れても、この短歌が覚えていてくれる。だからどうか、十年後でも二十年後でも読み返せる場所にこの短歌を記録しておいてほしい。

ここまでがご投稿いただいた作品です。
最後に僕がつくった「群れ」の短歌と推敲の過程をご覧いただきます。

はなびらに殺到されてまたひとつ桃色に干上がる水たまり／木下龍也

「群れ」から辿り着きやすい連想。例えば、羊や通勤ラッシュは同案多数に埋もれてしまうだろうと思っていた。自分が最初に思いつくことは、大抵の人も思いつく。だから普段は「群れ」と捉えていないものを探しながら、桜雨の翌日を歩いていた。ふと、視線を下に向けると、水たまりから水が干上がり、水の代わりに、湿った桜のはなびらたちがくぼみに張り付いている。これまでに何度も素通りしてきたであろうその光景に、うつくしく咲いている桜とはまた別の、心の震えを覚えた。「ああ…」とか「うう…」とか言葉以前の音しか出てこないような震えだった。「群れ」というアンテナを張っていたから反応できたのかもしれない。反応したということは短歌がつくれるはずだ。はなびらの「群れ」と水たまりだったくぼみ。その光景をしばらく見つめ、自宅に戻り、短歌をつくり始めた。

①水たまりひとつひとつにはなびらでさくらが蓋をする並木道
②水たまりひとつひとつにはなびらでさくらが落とし蓋をしている

最初につくってみたのはこの二首だ。〝さくら〟が〝はなびら〟で〝水たまり〟に〝蓋〟〝落とし蓋〟をしている、ということが書かれている。が、それだけである。それだけしか書けていない。57577に光景は収まっているが、それだけに満たされてしまっている。何かを見て、何かを思う。その心を見たものに投影してみたいのだ。そして、どちらも〝水たまり〟が干上がる前の時間を捉えていて、実際に見たものとはズレている。僕の理想は、いつか読み直したときに当時の光景や心の震え、「ああ…」とか「うう…」が再現されること。そして、読者にも似た光景を見てもらい、似た震えを味わってもらうことだ。光景＋心の震え。どちらも取れるようなものを書きたい。けれど、書く前にどうしたらいいかがわかるということはない。書きながら考えるのが常だ。

③はなびらの死骸の群れが雨水の薄桃色のかさぶたとなる
④水たまりひとつひとつがはなびらに殺到されて干上がってゆく

それから③と④をつくった。③では〝死骸の群れ〟〝薄桃色のかさぶた〟という部分に心を投影してみたのだ。が、そのために〝水たまり〟という五音の置き場がなくなり、〝雨水〟という言葉を代わりに使っている。〝水たまり〟も雨水ではあるのだが、降りながら空中にある一滴も、窓に付着した一滴も〝雨水〟である。そうなると③の〝はなびら〟は〝群れ〟ではなくなってしまう。④は〝さくら〟という言葉も、③のような〝薄桃色〟もないため、何の〝はなびら〟かわからなくなってしまっている。けれど④に、色の要素を足すことができれば理想に近いものができるかもしれない。

⑤はなびらに殺到されてひとつずつピンクに涸れてゆく水たまり
⑥はなびらの殺到に耐えられなくて桃色に干上がる水たまり

④の語順や言葉を入れ替えながら⑤と⑥をつくった。色の要素として⑤では〝ピンク〟を、⑥では〝桃色〟を使っている。どちらも同じ色を指しているが、言葉から受ける印象として〝ピンク〟は、この光景に置くとしたら明るすぎる。⑥は〝耐えられなくて〟と〝水たまり〟に感情を持たせている部分がいいとは思うが、読み心地として「はなびらの／殺到に耐え／られなくて／桃色に干上／がる水たまり」という二箇所の句またがりを含むリズムにすんなりとOKを出せる勇気がなかった。けれど、だんだん形が見えてきたこのあたりが、短歌をつくるうえでいちばん楽しい。

⑦はなびらに殺到されてまたひとつ桃色に干上がる水たまり

完成形はこのようにした。桜の〝はなびら〟は不可抗力的に〝水たまり〟に集まっている。その〝はなびら〟たちによって、本来の色ではない〝桃色〟に変えられながら〝干上が〝っていく〝水たまり〟。僕の心が震えたのは、その〝水たまり〟に自身を重ねたからかもしれない。⑤の〝ひとつずつ〟を⑦で〝またひとつ〟としたのは、そういうどうしようもない切なさは、これまでも続いてきたし、これからも続いていくだろうというあきらめのようなものを書きたかったからだ。

一首つくる過程を言語化してみるとこのようになります。自身の感覚とズレが少なく、読者にも似た感覚が伝わりそうなものを選んで推敲し、それ以外は捨てるという流れが僕の場合は多いです。次回以降もこのように僕の一首と推敲過程をご覧いただきますが、短歌のつくり方はひとそれぞれなので、一例として、みなさんにも取り入れられる部分があれば幸いです。

第２回

「夏」

第２回のテーマは「夏」です。他の季節と同様、範囲の広いテーマなので難しいだろうなと思っていたのですが、僕自身これまでに経験したことのないご投稿数で、すばらしい短歌がいくつもありました。それではさっそくご投稿作品を見ていきましょう。

絵日記のすみにこっそり　ほんとうの花火はもっとすごかったです→

／早坂つぐみ

〝絵〟に描いた〝花火〟の色は、クレヨンや色鉛筆の色である。実際に目にした〝ほんとうの花火〟の光そのものではない。〝日記〟に書いた〝花火〟の音は、ドカーンやボンボンなどの言葉である。実際に耳にした〝ほんとうの花火〟の振動そのものではない。匂い、サイズ、熱気、高揚感、どの要素をとっても、絵で描いて言葉で書いた〝花火〟と〝ほんとうの花火〟には差がある。それを実感し、差のすべてを〝もっとすごかったです〟と幼いなりに集約して、〝絵日記〟を読む先生へ伝えようとしたのだろう。先生は注釈がなくても〝絵日記〟と〝ほんとうの花火〟をイコールで結ばないはずなのだが、子どもとしては書かずにはいられなかった。そんな健気な配慮が愛おしくなる。

ひまわりの咲くワンピース　誰よりも愛してほしい季節になった／十条坂

この短歌は、57（一字空け）577となっており「サルビアに埋もれた如雨露　二番目に好きな人へと君は変われり／吉川宏志『吉川宏志集』」と同じ構造である。どちらも57

で実景を描写し、577で感情を述べ、だから、や、なぜならば、と直接的に繋ぐのではなく、一字空けを挟むことによって、音数を消費せず、実景と感情を補完させ合う。読者はそこに物語や詩を見出すのである。一般的には七月〜八月にしか開花しない〝ひまわり〟にとって、夏こそが〝誰よりも愛してほしい季節〟のはずである。人間にはそんな「季節」があるだろうか。「誰よりも愛してほしい」という感情を、ある「季節」に限定できるものだろうか。主体が限定できた理由はおそらく〝ワンピース〟にデザインされた〝ひまわり〟を身にまとい、心を重ねたからだろう。〝ひまわり〟の力を借りることで、潜在的な意識を見つけ出し、自身を解放し、開放する。夏らしい一首だ。

アイスクリーム両手に持って立ちながらいつかかけがえなくなるだろう
／シロソウスキー

775777の短歌。定型は57577だから、最初に七音を置くと、その部分を読むスピードが速くなる。かき氷、と五音を置くよりも〝アイスクリーム〟の七音を置くほうが早口になる、ということだ。こうすることで〝アイスクリーム〟の溶けやすさ、儚さを表現することができているように思う。七音であれば〝ソフトクリーム〟でもいい。だが、おそらく

〝アイスクリーム〟のほうが味の種類が多い。ふたつの〝アイスクリーム〟が主体の目の前にある組み合わせで揃うことは、ソフトクリームの組み合わせよりは少ないはずである。ゆえに、かき氷でもソフトクリームでもなく〝アイスクリーム〟なのだろう。ふたつの〝アイスクリーム〟の少なくとも一方は誰かに渡すのだと仮定すると、渡せば〝両手に持って立〟っている時間も終わる。食べてしまえば〝アイスクリーム〟も、その組み合わせも消える。〝アイスクリーム両手に持って立ちながら〟は、どれもがなくなる手前にあるひとときなのだ、と主体は気付いた。駆けながら、ではなく〝立ちながら〟という動きのない状態だからこそ気付けたのかもしれない。誰かとの関係性も、この夏も、全く同じということは二度とないのである。これは〝かけがえ〟のないものではあるが、いつそう思うか分からない。だから〝いつかかけがえなくなるだろう〟という予感なのだ。この歌の言葉の選択にはすべて必然性がある。

夏というでっかい壁が目の前にあるんで東京フレンドパーク／小澤甘鯛

『関口宏の東京フレンドパークⅡ』は一九九四年から二〇一一年まで放送されたバラエティ番組。ゲストが五つのアトラクションに挑戦し、金貨の獲得を目指す。アトラクションのひとつめはウォールクラッシュで、詳しい説明は省くが、助走をつけて、トランポリンで跳んで、約五メートルの〝壁〟に貼り付き、得点を狙うというものである。〝夏〟を〝でっかい壁〟と捉えたとき、主体のように記憶から〝東京フレンドパーク〟を引き出せるのと引き出せないのでは、生き方が大きく変わるように思う。その〝壁〟を障害や困難として捉えたままでは辛いだけだ。けれど、連想によってウォールクラッシュに繋げることができれば、ゲーム性が加わる。それなら走り出すことができるかもしれない。〝でっかい壁〟は乗り越えずとも、突き破らずとも、貼り付けばいいのだから。5点でも20点でもきっと楽しい。もしクリアできなくたって、次のアトラクションには進める。そんなふうに現実の難しさをゲームの難しさに置き換えてみせた一首。

夏パンチ！　説明しよう夏パンチとは要するに暴力なのだ／サラダビートル

ストレートに笑ってしまった。〝夏パンチ！〟ってなんなんだ？　アン〝パンチ〟はアンパンマンの得意技。カエル〝パンチ〟は、僕が通うボクシングジムの大会長である輪島功一氏の得意技。では〝夏パンチ〟は〝夏〟の得意技？　〝説明しよう〟というアニメでお馴染みのナレーションが入るので、よかった〝説明〟があるんだと思ったら、定型の制約によりそれが〝暴力〟であるという当然のことしかわからない。〝夏〟の部分の説明はない。この肩透かしが面白い。疑問は無化され、衝撃のみが残る。だったら秋〝パンチ〟でも冬〝パンチ〟でも春〝パンチ〟でもいいのではないかと思ったが、この短歌が突き抜けるような開放感を帯びるためには、やはり〝夏〟であることが必要だったのだろう。

すれ違う 野球部たちのにおい、コレ、あたしと同じ、8×4 MEN／あゆこ

主体が感じた抽象的な〝におい〟の正体が、具体的に〝8×4 MEN〟であるということを思い出す流れが一首のなかで描かれている。パッと思い出せたのではなく、主体が〝8×4 MEN〟という記憶にたどり着くまでには淀みがあったのだろう。例えば〝すれ違う野球部たちのにおいコレあたしと同じ8×4 MEN〟というふうに表記してみても内容としては同じである（花王株式会社のサイトにおいても「8×4 MEN」という表記なのでこの半角空けは考慮しない）。だが〝すれ違う 野球部たちのにおい〟と半角空けを入れることによって主体の意識が視覚から嗅覚へ移る一瞬にも満たない間を表現することができており、その後に読点を入れることによって、〝におい〟を嗅ぎ取る→〝コレ〟という曖昧な把握→〝あたしと同じ〟というひらめき→〝8×4 MEN〟という具体的な把握、に至るま

でが流暢ではなかった、けれど途切れずに繋がれていったということを表現できている。表記で感覚を再現し、その流れに読者も乗せてくれる短歌である。

台風のまぶたをとじる野良猫の濡れたせなかをなでる手つきで／庄井陽樹

〝台風のまぶた〟は、台風の目という言葉から導き出された表現だろう。目があるのだから〝まぶた〟もある、と。既存の言葉から新しい表現を抽出してみせてくれた。〝まぶた〟を生むことができれば、〝台風〟は終わらせることのできるものになる。映画やドラマで、目を開けたまま亡くなってしまった人の〝まぶた〟を〝とじる〟シーンがあるが、そのような〝手つき〟を〝台風〟にも適用できるようになるのだ。けれど〝手つき〟の比喩として書かれているのは、そのシーンではない。そっと、という感じを残しつつも〝野良猫の濡れたせなかをなでる〟ときのような〝手つきで〟にスライドされている。こちらの比喩のほうが日常に近いため、きっと優しさと微量の警戒心が宿った〝手つき〟なのだろうなと、読者も想像しやすい。天気図で見る〝台風〟の模様と〝野良猫の濡れたせなか〟の毛束感も似ている。練られているな、と思う。起点となったであろう台風の目を慣用句の意味で捉えると、ふいに皮肉っぽさが宿るのも面白い。

教科書にあてた耳からひんやりと部屋全体がとおのいた夏／水野咲

教室なのか自室なのかはわからないが、冷房の効いた〝部屋〟にあった〝教科書〟なのだろう。主体はどこからかこの部屋に戻ってきた、帰ってきたばかりなのかもしれない。ずっとそこにいたとしても、〝夏〟の体温と〝教科書〟の表面温度には差がある。机にうつ伏せ、顔を横に向けるなどして〝教科書にあてた耳〟。身体を満たしていた熱は薄れ、冷たさを感じ取った〝耳〟に意識が集中する。気体が固体になるように、意識の範囲が全体から一点に集中し、小さくなったため、実際に天井や壁は動いていないが、相対的に部屋全体が広がったような印象を受けたのだろう。〝とおのいた〟は眠くなっていく様子の表現にもなっている。これらの感覚の言語化が平易な上に新鮮で巧い。

たためなくなった羽もつクワガタを埋めて私が夏をたたんだ／久木めぐみ

〝たためなくなった〟ということは、その〝クワガタ〟には〝羽〟を〝たため〟る時期があり、そうではなくなったということである。クワガタには詳しくないのだが、検索してみると、この状態はかなり弱っていて死期が近いということらしい。だからこの短歌は、そのまま命が尽きてしまった〝クワガタ〟を〝埋め〟たパターンと、〝埋めて〟安楽死をさせたというパターンに分かれるように思う。さらに、飼育していた〝クワガタ〟であるパターンと、たまたま見つけた〝クワガタ〟であるパターンがあるため、四通りの読み方ができそうだ。いずれにせよ「私が」と主体性を明らかにし、受動的に過ぎ去るはずの〝夏〟を、能動的に〝たたんだ〟、おしまいにしたということである。飼っていたのであれば、その〝クワガタ〟こそが主体にとっての〝夏〟の象徴だったのだろうし、たまたま見つけたのであれば、その〝クワガタ〟を主体が終わらせたかった〝夏〟の象徴に仕立てた、というふうにも読める。この〝クワガタ〟と〝私〟の短歌から、〝クワガタ〟への愛を読み取るのか、〝私〟自身への愛を読み取るのかは、読者に委ねられている。

ここまでがご投稿いただいた作品です。ご紹介できる作品数には限りがありますので、掲載されていなかったとしても気を落とさずにまたお送りください。

最後に僕がつくった「夏」の短歌と推敲の過程をご覧いただきます。

背に汗の羽を浮かべて坂道を漕ぐだれひとり飛べない夏だ／木下龍也

岡野大嗣さんとの共著歌集『玄関の覗き穴から差してくる光のように生まれたはずだ』（ナナロク社）は、高校生ふたりの七月一日から七日までを描いた歌集で、「夏」の短歌が多く収録されている。依頼者からお題をいただいて短歌を一首お送りする「あなたのための短歌1首」でも「夏」で詠んでくださいというご依頼は多い。だから、今回のテーマが「夏」に決まったとき、素直にもう無理だと思った。思いつく手がない。どこを向いても行き止まりだ。しかし、つくらなければならない。パソコンの前で固まったまま、額に変な汗が滲んでくる。そんなとき、あ、汗でつくろうと思った。「夏」といえば汗だ。僕は汗っかきで、運動をしても緊張をしても大量に汗をかいてしまう。一時期はトークイベントに出る前に汗を止める薬を飲んでいたほどだ。自分の汗は恥ずかしい。他人に見せたくない。けれど、他人の汗を見るのは好きだ。呼吸は見えないが、汗は見えて、その人が生きていることを実感させてくれるし、ときおり色気さえ感じる。額を拭いて、短歌をつくり始めた。

①背に汗の羽を浮かべて自転車を漕ぐだれひとり飛べなかったな

最初に思いついたのは〝背に汗の羽を浮かべて〟という57だけだった。衣服の背中に滲み、可視化された他人の〝汗〟が〝羽〟の形に見える。けれど、これだけでは発想でしかない。宛先のない発想なのだ。自分のために書くにせよ、誰かのために書くにせよ、必要なのは、未来の自分や知らない誰かに届けようとすることではないかと思う。そこで〝背に汗の羽を浮かべて〟という発想に、自分の過去を添えてみることにした。子どもの頃、よく小さな冒険をした。この道を行き止まりになるまで進んでみよう、あの山を越えてみよう、と自転車を走らせた。この記憶なら、似たような経験がある人を宛先にできるのではないかと思った。その僕らにはたしかに〝汗の羽〟があった。その〝羽〟があるのに〝だれひとり飛べなかった〟。

②背に汗の羽を浮かべて坂道を漕ぐだれひとり飛べない夏だ

推敲したのは二箇所。ひとつは〝自転車を〟→〝坂道を〟である。〝漕ぐ〟と書いてあれば〝自転車〟に乗っていることは伝わるだろうし、〝坂道を〟とすることで乗っているのがブランコや船である可能性も消える。〝坂道を漕ぐ〟であれば、それが上り坂であることも、〝汗の羽〟があるのになかなか前に進めない苦しさみたいなものも書けそうだ。ふたつめは〝飛べなかったな〟→〝飛べない夏だ〟。回想にするよりも、今まさに〝飛べない夏だ〟とすることで、主体は主体の現在のみに存在し、その〝夏〟の息苦しさが増し、読者に迫るものがあるのではないかと思ったからだ。これを完成形とした。

③ふたりとも下だけ脱いでTシャツをまだらに滲ませる夏の夜

④Tシャツの汗の模様を複雑にしながらきみが上に乗る番

意外に早く推敲が終わってしまうと不安なので、他にも汗の短歌をつくってみた。汗が衣服に滲んで可視化される、という点は同じだが「汗の羽」の短歌よりは、すこし大人な雰囲気となった。内容が内容なので解説はしない。

投稿者のみなさんもぜひ、テーマに向き合って本命の短歌をつくり終わったら、おまけのように、寄り道のように、別の雰囲気の短歌をつくってみてください。本命があるからリラックスしてつくることができる、というのもあるのかもしれませんが、投稿の場ではそういう自分的には二番手、三番手という短歌が選ばれることも多々あります。たくさんのご投稿お待ちしております。

第３回

「気になるスキマ」

第３回のテーマは「気になるスキマ」です。僕はかなり苦戦しましたが、みなさんの短歌にはハッとさせられるものがたくさんありました。それではさっそくご投稿作品を見ていきましょう。

肛門の位置を知らせる▼がおしりのうえのほうにあります／庄井陽樹

保健体育の授業で習ったのかもしれないが、個人的にはそれ以前から〝肛門〟という名称およびその〝位置〟を知っていたような気がする。部位としては知っていて、名称は他人の会話やテレビなどで知るという流れだっただろうか。個人の話に限らず、おそらく大人はほぼ全員、子どもであってもほとんどが自身や他人の〝肛門の位置〟を知っている。ゆえにいま、この短歌に出会うと戸惑ってしまうのだろう。改めて教えてもらう必要がないにもかかわらず、なぜ〝▼〟（さんかく）によってその〝位置〟を教えてくれているのか、と。けれど戸惑うのは、何の〝肛門の位置〟なのかを、人間の、と想像した場合である。例えば、水族館にあるイルカの解説パネルの一文として捉えてみると、フィクションのように思えたこの短歌が、急に現実味を帯びてくる。手を伸ばしてもつかめない光が、すでにポケットの中にあった。そんな感動を覚えるのだ。短歌はテキストのみであり、絵や映像は読者が頭の中に浮かべるものである。それをうまく利用した一首だと思う。

塀と塀の間に体操着袋が挟まってたら不思議だよねえ／サラダビートル

わざわざ立ち止まってじっくり見つめるわけではないが、日中でも薄暗いその隙間はなぜか目を引く。歩きながらであるから、視線が向くのは一瞬だ。そこに〝体操着袋が〟あったらどうだろう。わずかに日常が歪むのではないだろうか。その一瞬が、なぜ、という疑問とともに脳にこびりつくはずだ。ゆえにその光景が短歌になったのだろう。歩きながら〝塀と塀の間に〟ちらっと視線が向く→そこに〝体操着袋が〟あってわずかに日常が歪む。作者はおそらくこの流れを、初句六音の速度→二句から三句への字余りを伴った句またがりによって再現している。そして〝挟まってたら〟と短歌の本来のリズムに戻ってくる。通過すれば、歪んだ日常は元通りになるからだろう。今回のテーマへのチューニング力、初句から四句にかけて光景と韻律をリンクさせる技術。ここまでの手練れ感を見せておきながら〝不思議だよねえ〟という脱力した結句に至る。これも計算なのだろう。積み上げたものをぶっ壊すような。身に着けたものを取っ払うような。まさにスキマスイッチだ。は？

電話台下の収納空間にテプラと未開封の雑巾／おいしいピーマン

僕の実家や祖母の家には〝電話台〟がない。友人の家には〝電話台〟があったかもしれないが、その〝収納空間〟を詮索するほど僕は非常識ではない。だからこの短歌に詠まれている光景を僕は見たことがない。しかし、確かに見たことがあるような気がする。存在しないはずの記憶が脳内に捏造されてしまった。一体なぜだろう。考えられるのは、僕の脳内に実際の実家とイメージの実家があるからではないか、ということだ。イメージの実家は主に『サザエさん』『ドラえもん』『ちびまる子ちゃん』などの慣れ親しんだアニメ、その他ドラマや映画によってぼんやりと積み重なりながら形成され、自身の根っこの部分に沈殿している。普段は意識することがないため、イメージの実家はぼんやりとしているのだ。けれどこの短歌は、そのぼんやりを部分的に剝がし、すりガラスの戸を開けるように、その向こうにある風景をはっきりと見せてくれる。〝電話台〟〝テプラ〟〝未開封の雑巾〟はずっとそこにあったような気がするのに、あいまいにしか見えていなかったものたちである。だからようやく目にすることができたいま、すでになつかしく思えたり、思い出したような感覚を得られるのではないだろうか。

土曜日の耳鼻科はひどく混んでいて右手をソファに噛ませて待った／芍薬

初句から四句の〝右〟までに置かれた濁音（ど→び→じ→び→ど→で→ぎ）は、どどどっと人が押し寄せて混雑している様子や居心地の悪さを表現しているのではないか。そんな状況で主体は〝ソファ〟の隙間に〝手〟を挟んでいる。そうすることでひとまず意識は目の前の混雑から隙間に向く。〝右〟から先は濁音がなくなるのはそのためだろう。ではなぜ、挟んで、ではなく〝噛ませて〟なのだろうか。それは〝耳鼻科〟の〝ソファ〟だからではないか。自宅の、ではない〝ソファ〟に〝手〟を挟むのは衛生面を考慮すると憚られる。挟むとしたら他人の飼い犬へ〝手〟を差し出すような少しの恐怖心はあるはずだ。そのスリルが〝耳鼻科〟の〝ソファ〟の隙間を生物が持つ口に見せた。主体は待機するしかないという受け身の状況で、能動的に、その口へ〝手〟を〝噛ませ〟たのだ。暇つぶしとも一種の逃避とも捉えられそうだが、医院を去れば忘れてしまったり、日常に埋もれてしまうであろう〝ソファ〟との交わりを見事に掬い上げた一首である。

母さんがくれた首輪はぼくの首より大きいが外せはしない／宮蛍

〝ぼく〟を犬ではなく人間として読むならば、〝首輪〟はおそらく実物ではなく、親が子を正しい方向へ導くということの比喩だろう。〝くれた〟と捉えているため〝ぼく〟から〝母さん〟への好意は窺える。が、その〝首輪はぼくの首より大きい〟。比喩としての〝首輪〟であっても、〝ぼくの首〟のサイズにフィットしている必要があるように思うが、なぜ〝母さんがくれた首輪は〝大きい〟のか。もしかしたら〝ぼく〟には兄や姉がいたのかもしれない。〝母さん〟は兄や姉を大人になるまで導き終え、そのときと同じ方法で〝ぼく〟に接している。だから導き方に違和感があり、それをぼくは〝大きい〟と感じているのではないだろうか。フィットしていない〝首輪〟は〝ぼく〟が動くたびに擦れ、兄や姉と〝ぼく〟は違うのに、という気持ちは増していく。だから取り去ろうとしてみたが〝外せはしない〟ということがわかった。これから〝ぼく〟はどうするのだろう。あきらめるのか、子どもなりに抵抗していくのか。いずれにせよこの物語の二行目、三行目を見守りたくなる書き出しのような短歌だ。

何になりたいか教えて焼き立てのコッペパンたちに意見を募る／早坂つぐみ

小麦粉とは意思疎通が難しそうである。何かを挟まれたあとではもう選択肢がない。〝コッペパン〟という生まれたばかりの子どものような状態だからこそ擬人化が可能で、〝何になりたいか〟を問うことができる。面白いのは主体が想定する〝何〟と〝コッペパンたち〟の〝何〟がズレそうなところだ。主体の〝何〟に含まれているのは、おそらくお惣菜パンや菓子パンの範疇であるソーセージパン、焼きそばパン、いちごジャムパン、ピーナッツバターパンなどであろうが、無垢な〝コッペパンたち〟の〝何〟には犬、猫、人間、花などが含まれるかもしれない。子どもの発想は計り知れないからだ。けれど、そんな無茶な願いすらも主体が叶えてしまいそうな、ファンタジーと可愛らしさに満ち溢れた一首である。今回のテーマから〝コッペパン〟の切れ目に辿り着き、さらには絵本のような世界観を立ち上げる作者の連想力と想像力は素晴らしい。

「おんなじさ、高校行くべ」親友は6秒待ってブランコをこぐ／堀優季奈

全投稿作品のなかで今回のテーマを具体的な秒数として提示してくれたのは、この短歌を含めてもたった二首だったが、短くも長くもない〝6秒〟という微妙で具体的な秒数を詠んだこの短歌は僕の頭にも胸にも残った。台詞の話者は主体だろうか、〝親友〟だろうか。前者だとすれば〝親友は〟主体の話の続きを〝待って〟いた、あるいは主体の言葉が嬉しくて心の震えが収まるのを〝待って〟いた、というふうに読める。後者だとすれば〝親友は〟主体の回答を〝待って〟いたというふうに読める。作者が意図するのは後者かもしれない。〝「おんなじさ、高校行くべ」〟と〝親友〟から投げかけられた主体は、すぐには何も言えず、ふたりのあいだに沈黙が流れた。〝6秒〟はゆっくりうつむいて、ゆっくり顔を上げられる

くらいの時間だ。〝ブランコをこぐ〟という〝親友〟の行為は、あまり重く受け止めないでほしいという思いを表すためであり、すぐには同意が得られなかったというショックを紛らわせるためでもあるだろう。ふたりの道はこれからも続くのか、これから分かれるのか、それはわからない。答えがわかる手前の儚いシーンを切り取った一首だ。

背後から眼鏡の隙間へと入れた指で私とわかってほしい／茂呂直人

行為によって、なら〝わかって〟あげられそうだ。〝背後から眼鏡の隙間へ〟〝指〟を〝入れ〟てくる人はめったにいない。こんないたずらをしてくる人はきっとあなたしかいない、というふうにならない。でも〝私〟としてはそういうふうに〝わかってほしい〟のではない。〝指で〟〝わかってほしい〟のだ。〝指で〟誰かを識別するのは非常に難しいだろう。特徴的なネイルやホクロでもない限り困難を極める。ましてや目と〝眼鏡の隙間〟に〝入れ〟られてもピントが合わないため、その〝指〟の持ち主が誰なのか判断するのは不可能に近いはずだ。それでも、なのである。視覚に頼らず、〝指〟の質感で、〝指〟の温度で、〝指〟の匂いで、あるいは第六感的な何かで〝わかってほしい〟のかもしれない。この無理難題を相手がクリアするとき〝私〟はようやく満たされるのだろう。愛を試す難問である。

ねむたいね　丈が足りないカーテンの下にひかりの落ちこぼれたち／葉村直

〝落ちこぼれ〟には、容器からこぼれて落ちたものという意味と脱落者という意味がある。〝丈が足りないカーテン〟が受け止めきれず、その〝下〟から部屋にこぼれてくる〝ひかり〟。光源がある限り〝ひかり〟は〝丈が足りないカーテン〟に当たり続け、こぼれ続ける。だから〝落ちこぼれたち〟なのだ。ひかりを〝落ちこぼれ〟させているのは〝丈が足りないカーテン〟であるが、〝カーテン〟をこの部屋に取り付けて、本来の機能が果たせない〝丈が足りないカーテン〟にしたのはおそらく主体である。失敗したのだ。まどろみながら、そんな風景を見ていると、どうも自分は正しい生活というレールの上から外れてしまった〝落ちこぼれ〟のように思える。この流れでいけば、冒頭に置かれるのは、ちくしょうめ、や、このやろう、となりそうなものだが、主体は〝落ちこぼれたち〟へ〝ねむたいね〟と優しく語りかける。その〝ひかり〟が〝落ちこぼれ〟のように思えた自分を申し訳なさそうに照らしてくれる〝落ちこぼれたち〟だからだろう。風景と心情を〝落ちこぼれ〟というひとつの言葉によってうまく繋げ、どちらをも優しく包み込むような一首だと思う。同作者の「リーチにもならないビンゴカードから祭の夜をのぞいて帰る」も素晴らしかった。

ここまでがご投稿いただいた作品です。お付き合いいただきありがとうございました。最後に僕がつくった「気になるスキマ」の短歌と推敲の過程をご覧いただきます。

金伍萬圓から五万円を抜き他にもないか見るときの顔／木下龍也

短歌のつくり方を簡単に説明すると、何を詠むか→どう詠むか、というふうになるのだが、今回のテーマでは、何を詠むかがかなり絞られてくるなと思った。そうなると他の投稿者と内容が被りやすくなる。同案多数というのは必ずしも悪ではない。何を詠むかが被っても、どう詠むかで挽回することはできる。けれど投稿の場では不利だ。あなたが選者だとしたら、似たようなふたつのうちの一首ではなく、たったひとつの輝く一首を選ぶだろう。だから他の投稿者と被らないアイデアを、と色々探してみたのだが、やっぱりない。このような場合に有効な方法のひとつとして、詠むのが恥ずかしいことを詠んでみる、というのがある。決しておすすめできる方法ではないのだが、人様にはお見せできない自身の一面を詠めば、同案多数は避けられるだろう。

①抜き忘れている紙幣があるような気がして漁るご祝儀袋

これは僕のいやしい一面である。十数年前、祖母からお米やレトルトカレーの入った箱が送られてきた。仕送りというやつだ。その箱の中には封筒も入っており、封筒の中には数枚の便箋が入っていた。僕は便箋を読む前に、空の封筒にお金が入っていないかどうかを確認した。入っていなかった。別の封筒でお金が送られてきているのではないかと思い、レトルトカレーの箱の隙間をくまなく探した。入っていなかった。食べもの以外は入っていないということがわかって、床に落ちた便箋を見たとき、僕はなんていやしいんだと思った。最初につくったのは、その頃の記憶や感情を核とした短歌だ。記憶や感情そのままでないのには、いやしさがよりいっそう際立つように、という狙いがある。それもまたいやしい。

②抜き忘れられた紙幣があるような気がして漁る香典袋

推敲したのは二箇所。ひとつは〝抜き忘れている〟→〝抜き忘れられた〟。〝抜き忘れている〟当人ではない者が〝漁る〟というふうにしたほうが、いやしさは増す。もうひとつは〝ご祝儀袋〟→〝香典袋〟だ。こうすることで、場面が結婚式からお葬式へ切り替わる。人の死を悼むべき場で〝漁る〟ほうが、やはりいやしさは増す。これで完成形とする。と思ったが、ひとつ引っかかるところがある。〝香典袋〟の中身は、おおむね〝紙幣〟だろう。ならば、何が〝抜き忘れられた〟のかは〝紙幣〟と書かなくてもわかるのではないか。〝紙幣〟の三音を〝弔意〟や〝悼み〟にすることもできるが、それではなんだかいやしさが減る。困った。

③金伍萬圓から五万円を抜き他にもないか見るときの顔

そもそも①も②も、いやしいことなのだろうか。①の主体は〝忘れ〟たかもしれないと思って見直すという当然のことをしているだけだ。②の主体だって〝紙幣〟を見つけたら受け取るべき人に渡すかもしれない。いやしさとは、十数年前の僕のように、中身は空だとわかっている封筒を見つめるときの表情に出るのではないか、と思って③の短歌をつくった。〝金伍萬圓〟と書かれた袋から〝五万円〟を〝抜き〟、空だとわかっているのに、何も忘れていないとわかっているのに、もう一度、袋のなかを確認する。状況は違えど、このときの主体の表情は、きっとあの頃の僕の表情に近しいはずだ。よって、これを完成形とした。祖母の封筒の記憶は〝気になるスキマ〟というテーマがなければ、蘇らなかったものだ。いつもテーマを決めてくださっている担当編集の方に感謝を申し上げたい。

さて、今回は何も思い付かない自分が嫌になって、何度もふて寝を繰り返しました。そんなとき僕が思い出すようにしているのは、コピーライターの谷山雅計さんから教えてもらった「悩める力がいちばん大事」という言葉です。この言葉を思い出すたびに、そうだった、悩んでいいんだった、くよくよしていいんだった、と自分を肯定してもらえているような気持ちになります。みなさんもぜひ、この言葉を胸に灯しておいてください。次回もたくさんのご投稿お待ちしております。

第４回

「虫」

第４回のテーマは「虫」です。たくさんの「虫」が集まりました。やはり、黒光りで素早く動く印象的なあれの短歌が多かったです。それではさっそくご投稿作品を見ていきましょう。

帰るよの声を合図に弟が投げ捨てたあれは前脚の影／早坂つぐみ

〝あれ〟は空間的に遠い距離にあるものを指し示す言葉である。そんな遠い距離にあるものについて、どうして主体は〝前脚の影〟だとわかったのだろう。虫の〝脚〟は長くても数㎝程度である。〝あれ〟と呼べる距離に放られたそれが〝前脚〟か後脚か、そもそも〝脚〟なのかどうかを目視で判断するのは難しいはずだ。それでも〝前脚の影〟とわかったということは、ふたつの状況が考えられる。ひとつは主体の隣で〝弟〟が虫の〝前脚〟をちぎっていた場合。〝前脚〟をちぎったとわかっているから、遠い距離にあっても〝前脚〟だとわかる。けれどこの場合、〝の影〟が不要になる。そこでもうひとつ考えられるのが、主体から離れた場所で〝弟〟が虫の〝前脚〟をちぎっていた状況といまに時差がある場合だ。〝あれ〟は時間的に遠い距離にあるものを指し示す言葉でもある。後日、〝弟〟が遊んでいたあたりに〝前脚〟のない虫の死骸を見つけて、あのときは逆光で何を〝投げ捨てた〟のかわからず、黒い〝影〟にしか見えなかったが、いまになってあれは〝前脚〟だったのだとわかった。このほうが自然に状況を摑めそうだ。〝帰るよの声を合図に〟まるで何事もなかったかのように〝前脚〟を〝投げ捨てた〟〝弟〟。その無垢な残酷性に、主体はしばらく経ってから気付いた。この時差が〝弟〟の恐ろしさを、その場で気付くよりも深く、主体の記憶に刻み込んだのだろう。思い返せば、という恐怖を読者にも追体験させる、そのための言葉選びが丁寧になされている一首だ。

虫は呼吸する穴があいてて君でいうことことことことことここ／泉千代

〝虫〟の〝呼吸する穴〟を気門という。例えば、カブトムシの幼虫は腹の左右に九対、計十八ある気門から空気を取り入れ、気管に送って息をしているのだそうだ。その気門について〝君〟は、〝君でいう〟ならば〝ことことことことことここ〟と、主体から四箇所を指されている。四箇所。当然人間だろう、と思っていた僕の予想は揺らぐ。〝ここ〟に該当する人間の〝呼吸する穴〟は、鼻にふたつ、口にひとつの三箇所である。皮膚呼吸や毛穴が頭をよぎるが、皮膚も毛穴も全体にあるため、〝ここ〟と指せるようなものでもない。余った〝ここ〟によって〝君〟の正体がわからなくなってしまった。猿か鳥か犬か、などと考えてみたがわからない。けれど、主体には四箇所すべてが見えている。主体は一首によってつくられた〝君〟とふたりだけの世界にいて、四箇所目の〝呼吸する穴〟を見ている。末尾のたった三音〝とここ〟でかかるロマンチックなモザイク。僕からは見えないがゆえに、うっとりしてしまう。それをちょうど三十一音でつくりだしているのも素晴らしい。もしかしたら〝君〟は胎児で、四箇所目は臍の穴ではないかとも思ったが、それで剝がしてしまうにはもったいないモザイクだ。僕はもう少し、ふたりだけの世界の外にいたい。

ライオンは蝿を殺さずしなくなるそのひまでまばたきをつづけた／庄井陽樹

初句の〝ライオン〟という文字列を見て僕の頭にパッと思い浮かぶシーンは、主にドキュメンタリー番組から供給されたものである。シマウマに飛び掛かり、インパラを貪り食う。獰猛で凶暴。けれど二句には〝蝿を殺さず〟と置かれている。そういえば、そんなシーンも観たことがある。顔面に無数の〝蝿〟をたからせたまま、気にする様子もなく、のんびりとしている〝ライオン〟。作者は〝蝿を殺さず〟だけで読者ごとに浮かぶ〝ライオン〟についての様々なシーンを、おおよそひとつのシーン、〝ライオン〟の顔が画面いっぱいに映されるあのシーンに絞っているわけである。このさりげない誘導が巧い。そして三句の〝しなくなる〟で読む目を止められる。何を？　となるからだ。四句の〝そのひまで〟に目を移しても、何の〝ひまで〟という疑問が重なるだけである。そして四句から結句にまたがる〝まばたきを〟まで読んでやっと、〝しなくなるそのひまで〟が〝まばたき〟についての記述だったことがわかる。〝まばたきをしなくなるそのひまでつづけた〟ではなく〝しなくなる〟を先に置くことで、あえてストレスをかけているのだ。結句まで進み、三句に戻り、理解が追いついたと同時にやってくる気持ちよさのために。この仕掛けも素晴らしい。〝つづけ〟る、ではなく〝つづけた〟という過去形にしたのも正解だ。〝まばたき〟のみで語られる百獣の王の死。その静かで切ない余韻に読者を浸らせる。

それまでに見ていた夢を4枚に裂いてこの世に蝶は生まれた／水野咲

〝それまで〟が羽化の直前を指していること、〝夢〟が静止した蛹(さなぎ)の内部で行われている体の作り変えを指していること、〝4枚〟が前翅と後翅を指していること、〝裂いて〟が羽化の瞬間を指していること、これらすべてが結句に置かれた〝蝶〟の一文字によって明かされる。初句、二句、三句、四句と〝4枚〟の羽を拾わせ、最後に〝蝶〟を完成させるその流れは、〝夢〟から醒めるように読者をも羽化させる構造となっている。そして〝裂いて〟が巧い。蛹の内部はほとんどの細胞組織が溶けたどろどろの液体である。それを〝夢〟と捉えたとしても〝夢〟は映像だ。（液体を）分けて、（映像を）割って、なら置けるかもしれないが、〝裂いて〟はなかなか置けそうにない。けれど〝裂いて〟に納得感があるのは、〝蝶〟がシルクのような〝4枚〟の羽を持っているからだろう。作者は、外部から見ることができない蛹の内部でも〝夢〟でもなく、実際に見ることができる羽に寄せて〝裂いて〟を置いているのだ。羽の質感を伴ったこの〝裂いて〟が確かな重心となって、想像に傾きすぎるでも、現実に傾きすぎるでもなく、この一首を立たせている。どんな〝夢〟を見ていたのだろう。羽に模様として現れたその〝夢〟を、〝蝶〟はひらひらさせているのだ。

大好きなあなたと家族がほしくってシンクの蟻すら潰せなくなる／野菜

〝家族がほし〟いと思うとき、その〝家族〟の範囲に含まれるのは、僕の感覚で言えば、ふたりの間に生まれる赤ちゃんなどの人間、あるいは犬や猫などのペットと呼ばれる生き物だ。〝蟻〟をペットとして飼っている方もいらっしゃるかもしれないが、僕は〝蟻〟を〝家族〟に含めない。近くに食器のある〝シンク〟で見つけたら、ティッシュに包んで外に逃がすか、その場で処理するだろう。〝潰せなくなる〟とあるから、主体も以前は〝潰せ〟ていたし、〝家族〟の範囲に含んでいなかったはずだ。けれど〝大好きなあなたと〟出会った現在、主体にとっては〝シンクの蟻〟が〝家族〟の範囲に含まれるか含まれないか、範囲として示す線に乗るか乗らないかくらいの位置にいる。だから〝すら〟と思ってはいるが、〝潰せな〟い。〝大好きなあなたと〟より強いつながりを持つために〝家族がほし〟いという強い思いが、〝家族〟の範囲を、この部屋で生きているもの、というところまで広げたのだ。

〝あなたと〟とは書いてあるが、〝家族〟に〝シンクの蟻〟を含めそうになっているのはおそらく主体だけ。「あなた」はどう思うのだろう。

ゴキブリは怖がられてて汚くて　私を大学に入れてくれた／あゆこ

下句に衝撃を受ける。〝ゴキブリ〟があなたを〝大学〟に？　くらくらしながら理解を追いつかせようとする。主体は親を〝ゴキブリ〟と呼んでいるのだろうか。ふらふらしながら作者のコメントを読んでみると「昔ゴキブリの研究をしていたのですが、それが認められて今の大学に入ることができました。部屋に出ると悲鳴をあげたくなりますがこの恩もあるため、ゴキブリには複雑な感情をもっています。」とあった。僕は短歌教室で、短歌のつくり方として、①心や頭の内側にある感情や風景を→②文章化して→③短歌化しましょう、そして矢印を通過するごとに生まれる差をなるべく小さくし、矢印をスムーズに遡れるようにしましょう、とお伝えしている。②と③は作者ではない僕にも目にすることのできる部分で、アドバイスが可能なのもここだけだ。言葉の選択、どこを削ってどこを残すか、言わなくてもいい部分はないか、などを検討し、②と③の行き来をスムーズにする。そうすればいい短歌が生まれる、と信じてきた。が、どうやらこの短歌は例外である。なぜなら、この短歌から作者のコメントへ遡るのはほぼ不可能だからだ。コメント全体を、〝ゴキブリ〟のおかげと大胆に要約したことによって、作者にとってはそのままなのだろうが、読者にとっては驚異の歌が生まれている。短歌に公式はない。公式があるかのように思っていた自分の愚かさをこの短歌を読みながら噛み締めている。

上手ではないのを虫のせいにして窓の外より明るいねどこ／城崎ララ

何が〝上手ではない〟のかは伏せられているが、その何かには評価や比較による〝上手〟下手があり、主体は下手か、〝上手〟とまでは言えない普通のレベルであるということがわかる。そのレベルであることについて〝虫のせいに〟できるのかはわからないが、主体はそうしている。〝上手ではないのを虫のせいに〟できること。例えば、キッチンに〝虫〟がいて調理に集中できなかった、だからこの味は〝虫のせい〟だ、というストーリーなら組み立てられそうだが想像に過ぎない。そして下句では場面が切り替わっているのか、元々主体がそこにいたのか、〝ねどこ〟の描写をしている。〝窓の外〟から光が差しているのであれば〝窓の外より明るい〟とはならないだろうから、室内の光源によってそうなっているのだろう。あるいは〝明るい〟とは雰囲気のことかもしれない。〝虫のせい〟で〝上手ではな〟

かった料理について、まあそんなこともあるか、と〝明るい〟気持ちで眠りについた。そういうことかもしれないが、これも想像だ。結句の〝ねどこ〟から、初句の〝上手ではない〟に性的な匂いを感じるのも勝手な妄想だろう。手を伸ばしてみても摑めそうで摑めない、摑んだと思って拳を開いてもそこには何もない。僕はそういう短歌も好きだ。

かまきりがあの大きさでいてくれる保証はないけどおやすみなさい／砂崎 柊

〝大き〟くなる、とは書かれていないから、〝かまきり〟が現状のサイズよりも小さくなるパターンもありうるのだが、おおかた〝大き〟くなるほうで考えてしまうのは、ちょっといじわるな丁寧さによって選ばれた言葉が並んでいるからだろうと思う。〝大きさ〟と書かれれば、大小の大が頭に残るし、〝保証はない〟と書かれれば、〝かまきり〟に遭遇しても特に危険なことはなく、大丈夫だったこれまでがなくなるかもしれない、つまり、〝大き〟くなって危害を加えてくるんじゃないか、ということを想像してしまうのだ。そして〝おやすみなさい〟である。ここで読者は眠る前に連れて来られる。眠る前というのはどうしても思考がネガティブなほうに流れがちで、怖いことを考えがちだ。そんなとき〝おやすみなさい〟の前に添えられる言葉、あまりにも不穏な初句から四句ではないか。閉じた目のなかで

〝かまきり〟はどんどん〝大き〟くなり、鋭い鎌を振り上げながら追いかけてくるのだ。翌朝、そのことを責めてみても、きっと主体は、別に〝かまきり〟が〝大き〟くなる、とは言ってないよね、と返してくるだろう。やっぱりちょっといじわるだ。

名前すら知らない虫をやっつける僕の名前を授けた後に／稲井亮太

木下龍也という〝名前〟を〝名前すら知らない虫〟に〝授け〟る。どうぞ。〝虫〟に頂いたという認識はないだろうから、変わるのは自分の認識である。目の前に木下龍也という〝名前〟の〝虫〟がいる。そのとき自分の〝名前〟は何だろう。自分も木下龍也だろうか。自分と同じ〝名前を授け〟る、ではなく、ひとつしかない自分の〝名前を授け〟るのだから、自分自身は無名になるのではないか。さて、名付けるだけでも他の虫とは区別され、特別視してしまうはずだ。自分の〝名前を授け〟るなら、きっと愛着が湧く。けれど、飼うわけでもなく〝やっつける〟と書いてある。踏み潰すでも始末するでもなく〝やっつける〟。命を奪うという行為は同じでも、その表現としてやわらかいものを選ぶ気持ちはわかる。だって、それの〝名前〟はさっきまで自分のものだったのだから。自分で自分を殺すのは難しい。自分から自分に向かう敵意のようなものを自傷によって解消するのもためらわれる。

だから自分を自分たらしめる〝名前〟を比較的簡単に命を奪える〝虫〟に与え、〝やっつけ〟て、〝名前〟だけを取り返す。これは自殺の代替なのだろう。自身は傷付かず、繰り返すことができるという点が恐ろしい。

ここまでがご投稿いただいた作品です。〝虫〟が好きな方も嫌いな方も、お付き合いいただきありがとうございました。最後に僕がつくった〝虫〟の短歌と推敲の過程をご覧いただきます。

脚裏に脚裏を乗せ実像と虚像の蝿が鏡を登る／木下龍也

好きも嫌いも対象への解像度を上げてくれる。好きならば何度も見て脳に新鮮な映像として保存されるし、嫌いならば一度見ただけでも脳に鮮明な映像として深く刻まれる。記憶にある映像を言葉に置き換えて、定型に落とし込むという流れで短歌をつくる僕にとっては、どちらの感情も大切な起点だ。例えば、以前開催した短歌教室の受講生の短歌に、

山脈に例えてなぞる犬の背にそよ風も来て真似をしだした／櫻井琴野

（『新短歌教室の歌集1』／ナナロク社）

というものがあった。〃犬の背〃を〃山脈〃に例えるという遠近感の調節が巧みな比喩も、目には見えない〃そよ風〃が〃真似をしだした〃という擬人化も、〃犬〃を近くで、時間をかけて観察していないと辿り着けないレトリックだ。これは好きによって生み出された短歌だと思う。さて、今回のテーマは〃犬〃ではなく「虫」で、僕は〃虫〃が嫌いである。保育園に通っていた頃は、砂場でひたすらダンゴムシを集めて先生にプレゼントするような子どもだったが、大人になった今では「虫」を見ることすら嫌で、当然ながら触ることもできない。触という漢字に「虫」がいるのも嫌だ。嫌だなあと思いながら、記憶に深く刻まれている〃虫〃の映像を探してみた。

①脚と脚と脚と脚と脚と脚で夏のぬるい鏡を歩く

映画で観たのか、現実で見たのか、洗面所に備え付けられた〃鏡〃の上を蠅が移動しているシーンが頭の中にある。それを目にした当時は不快に思っただろう。だから記憶にこびりついているのだ。けれど、不快感が時間の経過とともに消えた現在ならば、そのシーンを冷静に描写できるはずだと思い、言葉を並べてみた。〃脚と脚／と脚と脚と／脚と脚／で夏のぬるい／鏡を歩く〟で57577だ。蝿とは書かずに、蝿が持つ六本の〝脚〟に着目し、それを羅列して気味の悪さを表現している。実際に〝夏〟だったかはわからないが、一首に熱気や湿気を取り込むことによって当時の不快感を再現しようと試みてもいる。が、気になるのは〝脚／で〟に顕著な全体的なリズムの悪さだ。また、ほとんどの〝虫〟が六本〝脚〟なのだから、そこに着目するのであれば、一首のどこかに蝿と書かなければならないだろう。

②鏡に映る自身の脚の裏に脚の裏をくっつけながら蝿は鏡を歩く

①はリズムの悪さ、何の〝虫〟を詠んでいるのかがわからない、というふたつが気になっていたが、描写によって生まれそうなのが不快感だけというのも物足りない。〝鏡〟の上を〝蝿〟が移動しているシーンを描写しつつ、そこに何か新しい視点や発見を組み込むことができないだろうか。困ったら、短歌にしてみたいことを定型ではなく文章で考えてみる。シャワーを浴びながら思い付いたのは、〝脚〟に着目するのはそのままに、せっかく〝鏡〟があるのだから、そこに投影されている〝脚〟も使って何か書けないだろうかということだ。自分の指で〝鏡〟に触れてみると、指先はそこに〝映〟った指先と触れ合う、ように見える。〝蝿〟の〝脚の裏〟もそうだろう。それを文章化したのが②だ。

③実像と虚像の蝿が脚の裏側を合わせて鏡を登る

②を別の言葉に置き換えながら、不要な部分を削って定型にしたのが③である。〃鏡〃のこちら側にいる〃実像〃の〃蝿〃と向こう側にいる〃虚像〃の〃蝿〃が、互いの〃脚の裏側〃をくっつけるようにしながら、〃鏡を登〃っていく。ああこれでいいじゃん、と思ったのだが、〃合わせて〃だと〃実像〃の〃蝿〃と〃虚像〃の〃蝿〃それぞれが、お仏壇のＣＭの少女のように合掌をしているシーンにも見えてしまう。くっつけて、でも変わらないし音数的にも入らないしなあ。どうしよう。

④水面に映る自身の脚裏に脚裏を乗せアメンボはゆく

なぜか一度〃アメンボ〃に逃げてしまったのだが、見えてくるシーンとしては②で思い浮かべていたシーンに近い。合わせてでも、くっつけてでもなく、〃乗せ〃て、か。こういう寄り道に僕は何度も助けられている。

⑤脚裏に脚裏を乗せ実像と虚像の蝿が鏡を登る

このかたちであれば、〝実像〟と〝虚像〟のそれぞれが、自身の両手を合わせているようなシーンからは遠ざかるのではないだろうか。〝鏡〟のこちら側にいる〝蝿〟と向こう側にいる〝蝿〟が、互いの〝脚裏〟に互いの〝脚裏〟を〝乗せ〟合いながら、それをフックとするように、つるつるとした〝鏡〟の上を〝登〟っていく。実際にはただ〝鏡〟の上を移動しているだけなのだが、自分の中ではこれまでになかった発想が生まれた。今後同じようなシーンを目にしたときに、これまでとは違う気持ちで〝蝿〟を眺めることができるかもしれない。前進したのか、後退したのかはわからないが、ひとつのシーンを短歌にする前と後で僕自身は変化できた。よって、これを完成形とした。

〝虫〟について考えていると〝虫〟が寄って来そうな気がしてびくびくしながら短歌をつくりました。同じくびくびくしていた方がいらっしゃったらすみません。さて、日々はものすごく早く過ぎていきますが、日々として括ることのできる細部には、まだまだ短歌にできることが無数にあるはずです。流れていく物事を短歌という器に入れてみることで、あのとき自分はこう思っていたのか、あのとき自分はこれを見逃していたのか、とゆっくり思い返すことができます。みなさんもぜひ、その器を手に、記憶を遡ってみてください。次回もたくさんのご投稿をお待ちしております。

第５回

「ゆがむ」

第５回のテーマは「ゆがむ」です。僕はいつものように苦戦しましたが、今回も素晴らしい短歌が集まりました。それではさっそくご投稿作品を見ていきましょう。

ゲームボーイ手放せなかった夏だったスピーカーから砂入りの音／半島

作者のコメントには「川遊びにゲームボーイポケットを持っていって、落として、スピーカーに砂が入って、その後音がすべてじゃりじゃりになりました。」とあった。僕も〝ゲームボーイ〟で遊んだことのある世代で、〝手放せなかった夏〟はあるのだが、作者と同じ経験はない。けれど、この短歌を読んだとき、なぜか〝砂入りの音〟の記憶が蘇った。一体なぜだろう。それはおそらく、この〝砂入りの音〟が〝ゲームボーイ〟本来の音質をも表現できているからではないだろうか。僕が初めて〝ゲームボーイ〟を手にしたのは一九九六年、ちょうど『ポケットモンスター 赤・緑』が発売された頃だ。振り返ってみれば、ゼニガメもフシギダネもヒトカゲも鳴き声がざらざらだった。がさがさと言う人もいれば、「じゃりじゃり」と言う人もいるだろう。〝砂入りの音〟は、各個人によってバラバラになるはずのそのような擬音語を一括りに表現できるのだ。ゆえに、作者の個人的な経験という枠を超えて、僕の記憶までもが引き出されているのだと思う。恐るべき名付けの力だ。この短歌から目を離しても、〝砂入りの音〟は僕の内側で鳴り止まない。

ふるむんと満月をよぶふるむんとふるむんとってせかいがゆがむ／髙山准

〝満月を〟〝ふるむんと〟〝よぶ〟とき、変化するのは〝満月〟という物体そのものではなく、主体の認識（＝「せかい」）である。〝満月を〟〝満月〟と〝よぶ〟自分から、〝ふるむんと〟〝よぶ〟自分に変わるのだ。〝ふるむん〟。なかなか目にしない文字列だが、なぜ〝ふるむん〟なのかはわかりやすい。〝満月〟→full moon（フルムーン）→〝ふるむん〟だ。自分だけの呼称がほしいのであれば、もっと変わった名前でもいい。コンビニ、でもいいはずだ。でも主体がそうしていないのは、自分の〝せかい〟を現状は壊すつもりがないからだろう。誰からも見えて、けれど、まだ誰もいないところから、主体は〝せかい〟を壊れない程度に〝ゆが〟ませている。〝ふるむん〟〝ふるむん〟と唱えて、わずかに変化した自分を、〝せかい〟を確かめるように何度も。ここからはふたつのパターンが考えられる。また〝満月を〟〝満月〟と〝よぶ〟自分に戻るか、〝満月を〟コンビニと〝よぶ〟自分になってこれまでの〝せかい〟を壊すか、だ。主体はその中間に足を踏み入れているとも読める。その危うさに、どちらにも流れていきそうな浮遊感に惹かれた。

取得した資格を履歴書に書かず「なんで」と工場長に言われた／サラダビートル

入社面接のシーンだろう。上句を「履歴書に資格を書き忘れていて」とすれば、ただ失念していたというふうにもできるが、そうしていないということは、あえて〝書か〟なかったのだ。それはなぜか。〝工場〟系の〝資格〟に疎いので、一般的なものに置き換えて考えてみよう。例えば、入社後に自動車を運転したくないから、あえて普通自動車第一種運転免許〝取得〟と〝書か〟なかった、というケースはありえそうである。が、面接の際に運転免許の有無について問われたときに嘘が吐けず、じゃあ〝なんで〟（〝書か〟なかったの？）と〝言われた〟。忘れてました、と答えればいいのだが、自身のずるさを見透かされてしまったようで、その〝なんで〟が胸に残っている。〝工場長〟は何も思ってなかったとしても、主体の後ろめたさは消えない。こういう心の動きは、町工場を舞台にしたドラマでは描かれないシーンだと思う。大企業から無理難題を押し付けられて納期ギリギリのそれを社員一丸となって乗り越えるといった感動や、取引先の高圧的な社長をぶん殴ってしまったみたいな後悔がここにはないからだ。地味で些細だが、うっ、となる数秒の出来事。これが短歌のサイズ感にうまくフィットしているように思う。

かんたんに殺されそうな体勢で歯型のシリコンむぎゅむぎゅと噛む／芍薬

　歯科医院で緊張や恐怖を感じる人間に追い打ちをかける一首。言われてみれば確かに、外出先で長時間あんなに無防備な〝体勢〟でいることはない。一般的な病院の手術台でも似た〝体勢〟にはなるだろうが、頻度としては歯科医院で無防備になることの方が多い。整骨院ではもっと無防備な〝体勢〟になるかもしれないが、歯科医院と違うのは、身の周りにドリルや何か尖ったものがないということだ。何度も通った歯科医院で、しかも凶器となりうるものに囲まれているにもかかわらず、無防備でいた、ということに短歌を読んだ瞬間に気付かされ、動揺させられる。無防備を指摘されるだけでも動揺してしまうのに、この短歌では表現としてもう一歩踏み込んで〝かんたんに殺されそうな体勢〟と書かれているのだから、さらに動揺させられる。なぜ指摘されるまで気付けなかったのかというと、その〝体勢〟のとき、意識は口元に集中しているからだ。身体全体の把握は曖昧になる。それは主体だってそうだろう。けれど、幽体離脱的な俯瞰によって、あるいは治療されている他者の観察を通して、この把握を成し遂げている。だからと言って急に叫び出すのではなく、それはそれとして、というように、あーんと言われれば口を開くし、指示をされれば〝むぎゅむぎゅと噛む〟。平凡な光景なのだが、それを異様に見せているのはやはり〝かんたんに殺されそうな体勢で〝という前置きだ。把握の仕方ひとつで日常はこんなにも変わってしまう。

iPhoneを風呂に落として小説が二百冊ほど波打った夜／山下ワードレス

実際に目にすることのできる光景は〝iPhoneを風呂に落として〟までだ。それ以降は想像の話である。お湯の浸入した〝iPhone〟内部は見ることができないし、電子書籍もデータとして保存されているだけなので、画面を通さない限り目には見えない。にもかかわらず、僕の頭に〝小説が二百冊ほど波打っ〟ている光景がありありと浮かぶ。なぜだろう。考えられるのは、まず〝小説〟という言葉選び。電子書籍の〝小説〟ということなのだろうが、〝小説〟と言われて真っ先に思い浮かぶのは物体として実際に存在する紙の本だ。それが〝二百冊ほど〟本棚に並んでいる様子は図書館や本屋さんで見たことがある。無造作に散ばっている様子なら自宅で見たことがある。とある空間に〝小説が二百冊ほど〟ある光景は記憶から引っ張り出しやすいのだ。そして、そのようなとある空間に大量の液体が流れ込む様子も、『シャイニング』や『インセプション』などで観たことがあり、記憶から引っ張り出しやすい。ここで重要になってくるのが〝波打〟つだ。〝風呂〟なのだから〝小説が二百冊ほど〟温まる〝夜〟とも書けるはずなのだが、これでは映像的に止まってしまう。温まる、では動きがないのだ。〝波打〟つ、と動きをつくることで、この想像の光景が最後まで映像として保たれる。また、何かが水面で〝波打っ〟ている様子も〝風呂〟やプールや海で見たことがあるだろう。つまりこの〝小説が二百冊ほど波打った〟は僕が目にしたことのある光景や映像を繫ぎ合わせながら、実際に見たことがあるかのように仕立ててくれているのだ。その言葉選びに唸らされる。

トロンボーンは3年前に辞めたのに歪んだままの中指がある／堀江美帆

〝トロンボーン〟に詳しくないので作者のコメントを引用する。「スライドと呼ばれる長い管を伸び縮みして音程を変えるのですが、演奏する際の構え方をするとスライドを支える右手の中指に楽器の重みがかかります。楽器を吹いていた大学の四年間をかけて、私の中指はいつのまにか歪んで若干右曲がりになっていました。社会人になり、演奏する機会はなくなり、楽器も後輩にあげてしまいました。楽譜ももうきっと読めない気がします。でも、私の中指だけは、毎日演奏していた頃の私を覚えているように曲がっています。」二百九文字のこの文章を、短歌で保存できていることに驚く（コメントはもっと長かったが割愛させていただいた）。いまは〝中指〟が覚えているその切なさを、これからは、百年後も二百年後も、この短歌が覚えていてくれる。そして、あなたがいない場所にもこの短歌は届いて、〝トロンボーン〟奏者だった人や、似たような経験を持つ人の胸を打つだろう。かつて剣道をやっていて、いまだに足の裏がカッチカチな僕の胸をも震わせたのだから。

物差しで直線を引く3本中2本最後にぼくの親指／早坂つぐみ

近くに〝物差し〟がある人は実際にやってみてほしい。横線の場合は〝物差し〟から〝親指〟は無理をしないとはみ出ないが、縦線の場合は自然と〝物差し〟から〝親指〟がはみ出て、まっすぐになるはずだった線の終盤に妙な突起を生むことがある。小学生くらいの頃にこんな失敗をしていたような気がするが、まさかそれが短歌になるとは。短歌の素材はそのままで成立するものもあれば、しっかり調理したり、他の素材と組み合わせないと成立しないものもあるが、この失敗はおそらく前者だ。素材は社会的に無価値なほど良く、見つけるのに苦労するが、見つけたらそのまま使える。が、作者はさらに〝3本中2本〟という工夫を凝らす。どの〝2本〟が失敗していても面白いというおまけだ。〝直線を引く〟ときの淡い緊張感が緩急の急となるから、どの〝2本〟が緩に切り替わったとしても、失礼ながら想像するだけで笑ってしまう。ここまでされるともうお手上げというか、感心する他ない。

シャッターの遅さに耐えられない腕が星をしらすのように歪める
／おいしいピーマン

この短歌では〝星〟と〝しらす〟が〝ように〟という直喩で繋がれているが、この結びつきはなかなか見つけられるものではない。というか、通常では結びつかないし、結びつけても説得力が生まれない。見上げる〝星〟は点だし、〝しらす〟は細く短い線だ。似ているところを探す方が難しい。けれど、〝星〟を〝歪める〟ことで作者は〝星〟と〝しらす〟をうまい具合に結びつけた。スマートフォンのカメラの話になるが、端末の空きメモリ（RAM）が少ない場合や夜景モードで撮影する場合、撮影ボタンをタップしてから実際に写真が撮れるまでに時差が生まれてしまうことがあるらしい。その時差の間にスマートフォンを動かすと、ぶれた写真が撮れてしまう。撮影ボタンをタップして、ピントが合う前にスマートフォンを動かした場合も、同じ結果になる。〝シャッター〟スピードを〝遅〟くして、被写体が描く軌道を写すという撮影方法もあるが、意図してそう撮ったわけではないだろう。夜空に散らばる点として撮るはずだった〝星〟が、たまたまぶれて線を描く。こんな偶然なら僕も経験したことはあるが、作者はその偶然から〝星〟と〝しらす〟の奇跡的な繋がりを見つけたのだ。素晴らしい。僕のために見つけてくれたわけではないと思うが、ありがとうと言いたい。ちなみに僕のスマートフォンはなぜかシャッタースピードが遅いので、この短歌が存在する世界で〝星〟空にカメラを向ければ〝しらす〟獲り放題だ。

下敷きに飛び込むひかりをゆがませてリレーしてゆく国語の授業／十条坂

音数としては〝国語〟でなくても、社会や図工も三音だから当てはまる。が、社会にしてしまうとこの〝リレー〟が何かしらのメッセージ性を孕んでしまうし、図工にしてしまうとこの〝リレー〟が〝授業〟の一環というか何かしらの作品性を帯びてしまう。〝国語〟が何も孕んだり帯びたりしないかというとそうではないが、可能な限りフラットなものを選んだ結果、〝国語〟となったのではないだろうか。〝国語〟であれば、この〝リレー〟が授業内容や勉強とは無関係の、生徒同士の遊びであるということが描ける。先生に見つかったらきっと注意されるという緊張感の中、静かな〝リレー〟によって生まれる連帯感。上句は、〝下敷きに〟当たる〝ひかりを〟反射して、とすることもできるが、これでは平熱すぎるというか、いけないことをしているという興奮が失われてしまう。〝授業〟からも〝下敷き〟からも遠ざかってしまった僕が読んでも、この〝リレー〟をいままさに見ているかのように思えるのは、適切な言葉選びによって、しっかりと現在に〝ひかりを〟〝リレーして〟くれているからだろう。同じ作者の「すこしずつゆがんでしまう背骨まで撫でてあげたいひとがいました」も素晴らしかった。

ここまでがご投稿いただいた作品です。お付き合いいただきありがとうございました。最後に僕がつくった「ゆがむ」の短歌と推敲の過程をご覧いただきます。

次の行へと移るたび便箋に生まれてしまう手汗の湿地／木下龍也

テーマをいただいて最初に思ったのは、ゆがみ、ではなく「ゆがむ」なのか、ということだった。名詞ではなく、動詞。だから、元々ゆがんでいる物事ではなく、ゆがんでいない物事が「ゆがむ」、そういう過程や変化を捉えた方がテーマには沿うのではないか。点というよりは線を、写真的にというよりは動画的に何かを捉えなければならないはずだ。というふうに考えて、どういう物事を探せばいいかはわかった。けれど、何も思い付かない。ちょうどデータの移行中でパソコンが使えなかったので、コピー用紙に「ゆがむ」「ゆがむ」「ゆがむ」と書きながら途方に暮れていた。そのときふと目についたのが、紙に残った〝手汗〟の跡だ。僕は緊張していなくてもなぜか〝手汗〟をかく。さらりとしていた紙が僕のせいで「ゆがむ」。これを短歌にしてみようと思った。

①ここに手を置いていたのがわかるほど手汗にゆがむ手紙を捨てる

最初につくってみたのはこの短歌だ。僕は〝手汗〟をかくことについて、後ろめたさや恥ずかしさを感じる。ひとりでかくぶんにはいいが、それを誰かに見られたり、感じ取られたりするのは嫌だ。だから〝手紙〟を書くときはいつも〝手〟の下に厚紙を敷くようにしている。たまに敷くのを忘れると〝ここに手を置いていたのがわかるほど〟の跡ができてしまう。字がきれいに書けていたとしても、そうなってしまった〝手紙〟は〝捨てる〟。ゆがんでいない物事が〝ゆがむ〟というテーマにも沿っているし、描いている状況に、自分の実感もある。けれど〝手〟という文字が三回も出てくる。これはどうにかしなければならない。

②ここに手を置いていたのがわかるほど半紙は汗にゆがんでしまう

〝手〟という文字の頻出を避けるために、〝手紙〟を〝半紙〟に、〝手汗〟を〝汗〟に変更した。〝手紙〟よりも〝半紙〟の方が薄くて柔らかいため、〝手汗〟の跡が視覚的にも鮮明になるし、習字や書道を通して、同じような跡を見たことのある方の共感も取りに行けるのではないかと思ったからだ。けれど、何というか内容としては平凡である。そのまま、というか、工夫が感じられないというか、〝手汗〟で〝半紙〟が〝ゆがんでしまう〟ことしか書かれていない。誰でも書けそうというか、ここには多くの方が辿り着きそうだ。でも、完成までの下地はできたと思うので、もう少し自分なりの表現を考えてみたい。

③丁寧に書けば書くほど便箋に生まれてしまう手汗の湿地

ここで〝半紙〟を〝便箋〟に変更した。〝半紙〟ではどうも自分自身の現在の実感から離れてしまうからだ。それに共感というものは取りに行くものではなく、勝手にしてもらうものだとも思う。個人的な経験を書いて、たまたま似たような経験のある方に共感してもらえる。個人から不特定多数に向けた歌ではなく、個人から個人へ向けた歌なのに、たまたまその個人がたくさんいる。そういうのが僕の理想だ。〝手汗の湿地〟は、〝手汗〟で〝便箋〟が〝ゆがんでしまう〟様子を名詞的に切り取ってみた表現だ。ただ〝ゆがんでしまう〟と書くよりは、工夫が感じられるというか、自分なりの、自分の目を通した表現になっているような気がする。問題は〝丁寧に書けば書くほど〟だ。時間の経過は書けているが、抽象的で、動きがない。

④次の行へと移るたび便箋に生まれてしまう手汗の湿地
⑤次の行へと移るたび便箋に生まれてしまう手汗の窪地

〝手〟に改行という動きをつけて、より映像的に描写するために〝丁寧に書けば書くほど〟を〝次の行へと移るたび〟とした。経験と照らし合わせても嘘がなく、実感もある。これで完成形としたいところだったが、最後に〝湿地〟でいいのかという疑問が浮かんだ。〝湿地〟とネットで検索すると、湿気が多く、じめじめしている土地という説明もあれば、浅い水で断続的に覆われているか、土壌が水分で飽和している土地という説明もある。前者であれば、イメージにピッタリだが、後者であればイメージとずれてしまう。ならば〝窪地〟という選択肢もありそうだ。〝窪地〟は、まわりよりもくぼんだ土地。〝便箋〟上の〝湿地〟or〝窪地〟、ということであれば、どちらも成立はするだろう。悩ましい。ということで信頼する編集者さんに訊いてみたところ〝湿地〟に一票を入れてくださったので、完成形は④とした。

人に訊くんかい、と思われた方もいらっしゃるかもしれませんが、僕はときおりこの編集者さんに「どちらの短歌がいいと思いますか？」とLINEで訊いています。自作を客観的に読むというのは難しく、その客観も、客観に似た主観でしかないからです。もちろん自分のなかで推敲を重ね、徹底的に突き詰めてからですが、その上でいくつかの選択肢が生まれるとするならば、信頼できる誰かに読んでもらって意見をいただくというのは全然ありだと僕は思います。みなさんもぜひ、そんな誰かを見つけてください。次回もたくさんのご投稿をお待ちしております。

第６回
「ヘビロテ」

第６回のテーマは「ヘビロテ」です。難しいテーマでしたが、それぞれに「ヘビロテ」を解釈し、素晴らしさをぶつけてくださいました。さっそくご投稿作品を見ていきましょう。

我々はヒートテックの無い冬の乗り越え方を覚えていない／平井まどか

〝我々は〟という大きな主語で断定されると、確かに〝覚えていない〟と同意したくなる。ユニクロの〝ヒートテック〟が発売されたのは二〇〇三年だが、それ以前の〝冬〟を〝我々〟がどうやって〝乗り越え〟ていたのか、に対して明確なひとつの回答がないからだ。とにかく厚着をしていたような気もするが、その詳細は個々人でバラバラだ。靴下を二重に履く人もいれば、腹巻をする人も、ホッカイロを無数に貼る人もいて、それらは現在でも続けられているはずなのに、〝ヒートテック〟はそれらを上書きしながら〝我々〟のひとつの回答として成り立つ。僕は、ではなく、〝我々は〟、の回答として出せるのは〝ヒートテック〟くらいしかなく、〝ヒートテックの無い冬〟を僕が〝我々〟として思い出そうとすると き、そこに僕個人の回答はあっても、〝我々〟全体の回答はない。だから〝我々〟としては〝覚えていない〟と言わざるを得ない。そんな力がこの短歌にはあって、それは大企業が持つひとつの力でもあろうから、ちょっと怖いなと思いつつ僕は今年も〝ヒートテック〟を買いにユニクロへ行く。

本名を知らない人と何度でも会う、何度でも裸足で会った／岩松ぽむ状況として最初に思い付いたのは温泉や銭湯だ。そこに通う方々から愛称で呼ばれている常連〝と何度でも会う〟。けれど、だったら〝裸足〟ではなく、〝裸〟と書くのではないだろうか。脱衣所で靴下を脱いだときにたまたま、ということもあり得るが、それは思いがけず〝会う〟ことであって、この歌の〝会う〟からは主体の意思が読み取れるため、状況としてはふさわしくない。その他、〝裸足〟になれる場所として砂浜や河原もあるが、主体が先にその場所で〝裸足〟になって誰かを待っている、という状況は、考えにくい。つらつら考えながら行き着いたのは、マッチングアプリ等で知り合った相手を自宅に招いているという状況だ。〝本名〟ではなくアカウント名の〝人と〟〝会う〟。主体は自宅にいるから〝裸足〟。ひとりを指すのか、複数人を指すのかわからないが、〝本名を知らない〟まま〝何度でも会う〟ということは、相手に対して深入りする気はないということだろう。そういう関係性について、主体がどう思っているのかはわからない。けれど、はっきりと状況は書かず、自身の視線とともに読者の視線をも〝裸足〟に向けさせるということは、何か後ろめたさのようなものを感じているからかもしれない。うつむくときに〝裸足〟は見える。

無意識に口ずさめるほどよく聞いたその「ありがとう」は「でも」のイントロ

／遠藤ミサキ

〝その「ありがとう」〟には独特のイントネーションや言い方があったのだろう。長期間、何度もそれを受け取ったゆえに、何かの歌やメロディでもないのに〝無意識に口ずさめるほど〟記憶に残っている。そして、それはいつも〝「でも」〟に繋げるために、感謝というよりは、そうなんだね、くらいの意味合いで置かれる言葉だった。〝「でも」〟は予想されるものに反する内容を導くときに使う言葉だ。例えば、会話のなかで、今夜一緒に映画に行かない？　と言って、相手に〝「ありがとう」〟と言われたら、一応は誘いを受けてくれるものだと期待するが、そういう勝手な予想は〝その「ありがとう」〟によって覆されてきたということだ。いきなり〝「でも」〟と断る相手ではない。配慮はしてくれる。けれど〝その「ありがとう」〟を〝聞いた〟時点で〝イントロ〟クイズのようにAメロやBメロやサビまでわかってしまう。〝その「ありがとう」〟で優しく受け止められてしまうから、主体は〝「でも」〟以降に何もすることができない。ただ黙って受け止め入れるしかないのだ。ある種の優しさが生み出す壁や距離を感じて、切なくなる一首だった。

「ありがとう」に「いつも」が付いてそれっきり行かなくなった弁当屋、秋

／牧角うら

顔を覚えるほど通ってくれるお客さんに〝「ありがとう」〟だけではなく〝「いつも」〟〝「ありがとう」〟と伝える。嫌味などは一切含まれていない純粋な感謝だと思う。別にお世話になっていない方へのメールの冒頭に書くお世話になっておりますとは違って、この言葉は〝弁当屋〟さんの本心に近いのではないだろうか。それを伝えられたとき、ただ嬉しいこととして受け取ることのできる人もいれば、仮に嬉しかったとしても〝弁当屋〟さんに通わなくなる人もいて、主体は後者だ。なぜか。言語化が少々難しいが、〝「いつも」〟来てくれるお客さんではなく、いつまでもただのお客さんでありたいからかもしれない。そこに通う不特定多数のままでいたい。フラットに扱ってほしい。〝「ありがとう」〟だったこれまで、を崩さないでほしい。だから〝「いつも」〟と言われた途端に〝それっきり行かなくなっ〟てしまう。どちらかと言えば僕も主体と同じタイプだから大いに共感しながら、セルフレジ最高と思っている。

（白って200色あんねんから）黄ばんでいるシャツをすっきりたたむ

／泉千代

〝白って200色あんねん〟はモデルのアンミカさんがフジテレビ系列のバラエティ番組『人志松本の酒のツマミになる話』で言い放ったフレーズ。二重に括弧が添えられているのは、そのフレーズが脳内に響いている、という表現のためだろう。そのフレーズを知る前までは、繰り返し着用した〝シャツ〟の〝黄ば〟みは、ただの〝黄ば〟みだった。買い換える、もう一度洗濯する、などの選択肢が頭に浮かぶものだったはずだ。が、そのフレーズを知ってからは、その〝黄ば〟みも〝200色〟の幅に含まれ、これは〝黄ば〟みではなく〝白〟のバリエーションである、と思えるようになった。だから迷わず〝すっきりたたむ〟ことができる。世間的には〝黄ばんでいるシャツ〟であることに変わりはないが、おそらくまた着用するつもりなのだろう。ユーモアのある一首だ。他者のフレーズの引用という飛び道具を使う場合、そのフレーズを一首のなかで活かすためにも定型に収まっていた方が美しいというか、フレーズを組み込んだために定型が崩れてしまうのなら、短歌にする意味がないと個人的には思うのだが、この短歌は〝しろってに／ひゃくしょくあんね／んからきば／んでいるしゃつを／すっきりたたむ〟というふうにきっちり三十一音となっている。そこも素晴らしい。

歌もまた私の夏を聴いている　いつか私に聴かせるために／水野千波

高校生の頃、ひたすらビートルズを耳に流し込んでいた。彼らの音楽を再生すると今でも、あの頃の教室の光や部室の匂いを思い出す。ある〝歌〟を再生すると当時の記憶が蘇るということは多くの人が体験しているはずだ。この短歌はその体験に新たな視点をくれる。〝私〟が〝夏〟に〝聴いている〟〝歌もまた私の夏を聴いている〟、つまり、その〝歌〟に〝私の夏〟が保存されている、その〝歌〟が〝私の夏〟を覚えていてくれる、ということだ。そう言われてみれば、確かにそうかもしれない。なぜなら、その〝歌〟を再生するときに蘇る記憶は、その〝歌〟を再生するまでは蘇らない記憶である場合が多いからだ。〝歌〟は変わらないが、〝私〟は変わる。次の〝夏〟を迎え、その次の〝夏〟を迎え、忘れたくないことも忘れてしまう。けれど〝歌〟が〝私の夏〟を覚えていてくれるなら、次に進める。変わることも、忘れることも、恐れなくていいと思える。蘇るのは嬉しい記憶だけではないだろう。けれど、この短歌は生きることへの肯定だと僕には読める。「おまえが長く深淵を覗くならば、深淵もまた等しくおまえを見返すのだ。」（『善悪の彼岸』／フリードリヒ・ニーチェ）の見事な応用。

DAISOがつぶれぬ限り永遠にそう永遠に買うなべつかみ／髙山准

初読では〝なべつかみ〟という着地の意外性に驚かされるが、冒頭から読み返してみると正確な助走と踏切で跳躍距離を最大限に伸ばした結果、という印象を受ける。〝永遠〟とは、ある状態が時間的に際限なく持続するさまであるが、命に限りのある人間にとってはかなり現実離れした言葉だ。ゆえに我々は条件を付けながら〝永遠〟という言葉と付き合っている。代表的なのは〝永遠〟の愛で、至るところでそれは誓われるが、そこにはおそらく死ぬまでという条件が付いている。この短歌も同様に〝DAISOがつぶれぬ限り〟という条件付きだ。そうすることで〝永遠〟という言葉を正しく使えるようにしているとも言える。〝永遠にそう永遠に〟というリフレインで助走速度は最大となり、〝買う〟を踏切ラインとして跳ぶ。〝DAISO〟の商品という枠組みからは逸脱せず、けれど、思いも寄らない遠さまで。

倍速でフラれてつらさも半分になる寅さんは結構毛だらけ／弘平谷隆太郎

〃寅さん〃という存在はなんとなく知っているが、恥ずかしながら『男はつらいよ』を一作も観たことがないため、この短歌にあることだけを読む。主体は標準速度で一度は観たことのある作品を、改めて〃倍速で〃観た。だから〃倍速で〃受け取ることのできる〃つらさ〃が標準速度で受け取ることのできる〃つらさ〃の〃半分〃であると比較することができている。〃つらさ〃が〃半分になる〃と当然、物語への没入度も標準速度の場合とは変わってきて、没入していたときにはスルーしていた〃毛だらけ〃が見えてくる。実際に〃寅さん〃が剛毛だったのかはわからないが、それを理由に〃フラれ〃たのではないだろうから、〃毛だらけ〃は物語とは関係のない細部のはずだ。深く入り込まないからこそ、感情にとらわれなかったからこそ見える〃毛だらけ〃。それは深く入り込んだからこそ見えるものに比べて社会的には重要視されず、情報として価値の低いものだ。だからこそ言葉にしたとき、短歌にしたとき唯一無二になり得る。どうしようもない発見、だからこそ面白い。

関節のとこだけうすい制服をそれでもあいした三年でした／十条坂

よく動かす膝や肘の部分が伸びて擦り切れてそこ〃だけ〃が少し光っている自分の〃制服〃。同じような状態の〃制服〃を着たクラスメイト。他愛もないことで大袈裟に喜怒哀楽を動かして、みんなと同じがいいとみんなと同じは嫌だの間で揺れながら、大人と子どもの間を行ったり来たりしながら、休み時間と帰り道だけは元気でそれ以外は眠い。そんな日々が一気に蘇った。〝関節のとこだけうすい〟というのは見ていたのに見えていなかった細部だ。その一点に焦点を絞って鮮明に描き出されるから、記憶に穴が開けられたように当時のあらゆることが勢いよく溢れ出してくるのだろう。〝三年〟が刻まれた不恰好な〝制服〟は好きで着ていたものではなく、学校のルールで着ていたものだ。〝それでも〟思い返してみれば、そこには〝あい〟があった。漢字の愛なんていまだにわからないが、幼いなりの〝あい〟があったはずだ。もう記憶のなかにしかなく、戻れないからこそ〝あいした〟のだと思いたくなる。一読して、嗚呼、と声が漏れてしまった。頭も心も撃ち抜かれた。こういう短歌に出会うために、僕は短歌を続けている。

ここまでがご投稿いただいた作品です。お読みいただきありがとうございました。最後に僕がつくった「ヘビロテ」の短歌と推敲の過程をご覧いただきます。

もうだめだハイハイで自首しようって思ってたのに母乳がうまい／木下龍也

短歌を始めたばかりの方からテーマ詠や題詠が難しいというお声をいただくことが多い。そういう方は初期衝動の勢いや自分の内側にある風景や感情で詠むことが多いだろうから、外部から与えられたテーマや題で詠むのが難しいと感じるのは当然だと思う。というか僕も短歌を始めて十二年くらいになるが、簡単だと思ったことが一回もない。ずっと難しい。けれど一応、自分のシステムのようなものはあって、

1：テーマや題を自分の生活や経験に引き寄せて考える。
2：他者との関係性の間にテーマや題を置いて考える。
3：テーマや題を自分以外の誰かや物からの視点で考える。
4：テーマや題を擬人化、あるいはテーマや題になりきって考える。
5：テーマや題の隣に遠い言葉や無関係に思える言葉を並べ、無理にでも関連させる。

という手順でテーマ詠や題詠に取り組むことが多い。1がうまく行かなければ2、2でもダメなら3と考えていく。そうすると、どこかのタイミングで何かしらのアイデアは出てくるので、57577に落とし込んで推敲する、という流れだ。で、なぜ急にこんな話をしているかというと、僕が連載の第1回〜第5回で詠んできた短歌はおおむね1のパターンだったが、今回は3だからだ。これまでは主に自分が見たもの、感じたことを詠んできたつもり

だが、今回のテーマ「ヘビロテ」は1でも2でも何も出てこなかった。ならば自分以外の誰かになって考えてみるか、ということで、赤ちゃんにとっての「ヘビロテ」で短歌をつくることにした。

①赤ちゃんは母乳を吸うごとに死から遠ざかっている

最初に思い付いたのはまあまあ怖い文章だった。哺乳類の〝赤ちゃん〟が〝母乳〟に〝吸〟い付くときの迫力というのは凄まじいものがある。本能のまま必死に摂取する。生きるためだ。見方を変えれば〝母乳を吸うごとに死から遠ざかっている〟とも言えそうだ。ここに言葉を足したり言い換えたりして、どうにか57577にしたい。

②ハイハイの速度で恐怖から逃げてきみは母乳へ近づいてゆく

赤ちゃんが何を考えているのかはわからないが、空腹という言葉や意味を知らない赤ちゃんにとって、それは結構怖いことなのではないかと思う。だからその感覚に陥ったときに赤ちゃんは泣いて、その感覚を消してくれる〝母乳〟を求める。そういう考えの元で57577にしてはみたものの、どうも手応えがないのは、この短歌が赤ちゃんにとっての「ヘビロテ」ではなく、赤ちゃんにとっての「ヘビロテ」を考えている観察者視点で描かれているからかもしれない。抜本的な措置をとらなければ、この先にカタルシスはないだろう。

③もうだめだハイハイで自首しようって思ってたのに母乳がうまい

どうすればいいか悩んだ挙句、観察者視点ではなく赤ちゃん視点で、完全にフィクションの方向へ振ることにした。〝自首〟は②の〝恐怖から逃げて〟という言葉から連想したものだ。赤ちゃんと〝自首〟と〝母乳〟。そこからつくり出せる物語として、前世で何らかの罪を犯したにもかかわらず償わなかった、という記憶をそのまま持って生まれた赤ちゃんがいて、〝自首しようって思って〟はいるが、日々与えられる〝母乳〟のおいしさがそれを邪魔する、という話にしてみた。何というか最近の自分にしては変な短歌になってしまったが、脳をあまり経由していないというか、初期衝動があった頃の勢いに似たものが感じられるため、これで完成形とした。こういうのもたまにはありだということにする。

テーマ詠や題詠についてはいくつかの対応策を持っておくと安心して取り組むことができます。初手でダメなら次の手、そのまた次の手、というふうに粘っていると、思いも寄らなかった短歌が生まれたりする楽しさもあります。僕と同じでなくてもいいので、みなさんもぜひ、自分なりのシステムを構築してみてください。次回もたくさんのご投稿お待ちしております。寒くなってきたのでご自愛ください。

第7回

「休む」

第7回のテーマは「休む」です。僕はいつものように苦戦して「休む」暇もありませんでしたが、みなさんはいかがでしたか。それではさっそくご投稿作品を見ていきましょう。

ひらがなの〈ん〉になるように抱えてた膝をシーツの海で解いた／常田瑛子

五十音表の最後に置かれていることやしりとりの通常ルールから〝〈ん〉〟には終わりのイメージがある。〝膝を〟〝抱えて〟ベッドや布団の上にいる主体を横から見れば確かに〝〈ん〉〟のかたちだ。終わりのイメージを自身の姿に宿らせつつ、自身を俯瞰することによって、夢のなかにまで引きずりそうなものたちに、一旦区切りをつけようとしているのだろう。将来の不安、仕事や私生活の悩み、過去の後悔、ああ言えばよかった、あんなこと言うんじゃなかった、あれをやらなきゃいけない、これをやってない。目を閉じても灯ってしまうひとつひとつを、振り返りながらなだめていく静かな時間。そして〝抱えてた膝を〟〝解〟くことで、ぐっと力の入っていた筋肉がリラックスする。安眠のための筋弛緩法というものがあるのだが、上句から下句の流れは精神的にも肉体的にも主体にとって就寝前の儀式として最適なのかもしれない。〝シーツの海〟に深く、心も身体も任せることができそうだ。〝膝を〟〝抱え〟るポーズと〝〈ん〉〟のかたちが似ている、という発見で終わらず、どのシーンに置けばそれが活かされるかをしっかり考えられた歌だ。

おだやかなきみの寝顔が好きだから　眠り続けてほしい山々／綾　乃

平坦な道を緩やかなスピードで進んでいると突然眼前に〝山々〟が現れる。そんな衝撃を受ける一首。〝眠り続けてほしい〟は〝きみ〟への願いかと思いきや、〝山々〟に向けられたものなのだと急にわかるのだ。頭に浮かぶ映像は〝きみの寝顔〟から日本全体へと広げられ、Google Earth的に考えれば、地面から空への急上昇。その高低差にくらくらしてしまう。けれど、目だけでなく心も〝山々〟に追いついてみると、誰かへの愛がそこへ至るのは自然なことなのだ。検索してみると、現在の日本には百十一の活火山があるという。火山の活動は寿命が長いため、人間から見れば〝眠り続けて〟いるように思える〝山々〟もあるが、火山にとっては明日噴火するのも十年後に噴火するのも、ほぼ差のないことらしい。いつか来るその日のために準備や対策はできても、噴火自体を止めることはできない。災害は、〝おだやかなきみの寝顔〟を守るためにできることの範疇を超えてやって来る。地震もそうだ。常にそのことを考えているわけではないが、大切な誰かのためにも災害が起こらなければいいなという気持ちは、おそらく誰もが持っている。初読で衝撃を受けたのは、僕の頭の隅や心の奥にもあったそんな普遍的な願いを、いつのまにか遠ざけてしまっていたそんな祈りを、この歌が目の前に連れて来てくれたからだろう。

自切するトカゲのように捨てた星ぼくが動くと部屋が痛がる／長尾桃子

〝自切〟とは、動物が敵に襲われるなどの強い刺激を受けた際に、身体の一部を自ら切り落として生命を守る現象。〝ぼく〟はそんなふうに〝星〟を〝捨てた〟。考えてみたいのは、①〝星〟とは何か、②〝ぼくが動くと部屋が痛がる〟とはどういうことか、だ。①は文字通り、夜空に点々と光っている天体のことかもしれないが、〝自切するトカゲのように捨てた〟とあるから、肉体的にであれ精神的にであれ、元々は〝ぼく〟の一部であったものなのではないかと思われる。我々が暮らすこの〝星〟を自身の一部であると感じる方もいるかもしれないので、地球は候補として挙げられそうだ。他にも恋人、希望、勝敗、スター性、なども当てはまりそうで、〝星〟をどう読むかは読者に委ねられている。〝ぼく〟にとって〝捨て〟ざるを得なかった何かであることは確かだ。②は床鳴りという現象を通して、〝痛がる〟ことのないはずの〝部屋が痛がる〟ということを感じているのか。〝ぼく〟はそれほど過敏になっているということかもしれない。そう感じてしまうと居心地は悪いだろうし、罪悪感もあるだろう。〝星〟を〝捨てた〟から〝ぼくが動くと部屋が痛がる〟と感じるようになった、とも読めるし、〝ぼくが動くと部屋が痛がる〟、そのような〝星〟だから〝捨てた〟とも読める。上句から下句と読んで、また上句に戻ると〝星〟の読み心地も変わる。意味で短歌をつくりがちな僕にとっては詩の度合いが強く、それゆえに憧れる遠い〝星〟みたいな一首だ。

「体調が悪い」とさっき電話した校舎の前をすぎる 駆け足で／小松原ゆあ

ズル休みをしてでも行きたい場所があり、それが学校の近くだったとしたら、僕ならば遠回りをして目的地に辿り着こうとする。つきたてほやほやの嘘を抱えている状態だから、なおさらリスクは冒せない。では、なぜ主体はわざわざ〝校舎の前をすぎる〟のだろうか。おそらく、そのほうが楽しいからだ。ズル休みの背徳感だけでは物足りず、わざわざ〝校舎の前をすぎる〟というリスクを冒すことで、日常にはないスリルを味わうことができる。心霊スポットに行ってみる感覚に近いのかもしれない。振り返ってみれば輝かしい日々も、渦中にいて毎日を過ごしていると退屈に感じることがあるが、そういう学校生活のアクセントとして必要な休み方だったのだろう。〝駆け足で〟の〝で〟がなければ定型となるのだが、これがあることによって文字通り〝駆け足で〟結句を読むことになり、後ろめたさとドキドキを抱えて走り去る主体と読者を連動させている。妥協による音数超過ではなく、効果的な字余りであると思う。

理由なく太平洋へ流されるために電車を延長したい／土屋サヤカ

学校や会社を休んで海へ行きたい、降りるべき駅で降りずにそのまま海のある駅へ向かいたい。そう思ったことのある人は多いはずだ。そんな願望を過激にしたのがこの短歌。〝電車を延長したい〟というのは、物理的に線路を、ということだろう。だったらいいなあ、という他力本願でなく、自らの手で。どこまで延ばしたいのかは不明だが、〝太平洋へ流されるために〟という理由では、鉄道会社に打診しても断られるだろうから自分でやるしかないのかもしれない。ここで気になってくるのが冒頭の〝理由なく〟だ。主体にとって〝理由〟ははっきりしているはずで、仮に願望を実現させた場合、〝太平洋へ流される〟のは、自身が線路を〝延長〟したからなのだ。だから、この〝理由なく〟は、（誰かが）〝理由なく〟ということなのだと思う。いつも通学や通勤で使う〝電車〟の線路が、いつのまにか地球上で最も広い海である〝太平洋へ〟〝延長〟されている。それを知らない乗客たちは止まらない〝電車〟に揺られながら困惑する。どの駅でもドアは開かず、降りたくても降りられない。車掌も〝電車〟を止めることができない。そのなかでひとりだけ〝理由〟を知る者がいる。主体だ。行き先は死という究極の休暇。他の乗客や鉄道会社、社会や世界まで巻き込む大事件になる。実現前でよかった。ぜひ一度、海へ行って息抜きをしてほしい。

糸と針掴んで生きた人がいて老眼鏡を外してあげる／潮入 百香

「昨年亡くなった着物を縫う仕事をしていた祖母のことを詠みました。分厚い眼鏡をかけて、縁側に近い明るい部屋で縫い物をしていた祖母の姿をよく覚えています。農家に嫁いで農作業をしながら、夜や冬には針仕事で稼いでいたという祖母に「ゆっくり休んでね」と言うつもりでつくりました。」という作者のコメントがあった。昨日と今日と明日を縫い合わせ、懸命に日々を編んできた祖母への畏敬の念が、携えて、でも、持って、でもなく〝掴んで生きた〟という言葉に表れているように思う。だからこそ、主体に〝外してあげ〟られたのは〝糸と針〟ではなく〝老眼鏡〟のほうなのだ。〝糸と針〟には、主体が実際に見たわけではない何十年にもわたる祖母のこれまでが宿っている。〝糸と針〟を〝掴んで生き〟ることが、どれほど大変なことだったのかは計り知れない。それを〝外して〟しまうことは、祖母のこれまでを残らず取り上げてしまうようなことだと主体は思ったのだろう。休んでもらうために〝外してあげ〟られるのは、祖母と主体にとって同じ時間にあり、〝糸と針〟よりは過去を背負っていないはずの〝老眼鏡〟だけだった。祖母を敬う気持ちが隅々まで表れている一首だと思う。

音もなく夜更けに居間をのぞいたが薔薇はその美を休まずにいた
／山下ワードレス

なんとなく見てみたら、ではなく〝音もなく夜更けに居間をのぞいた〟のである。もしかしたら〝薔薇〟が〝その美を休〟んでいるかもしれないと思って。枯れているのではないか、という心配による行動ではないだろう。どんな人にもプライベート空間でしか見せない崩れた表情があるように〝薔薇〟にも気を抜いた状態があるのではないか、という好奇心による行動だ。だが〝薔薇〟は常にその命をまっとうしているだけであり、人間の視線も人間にとっての美醜も意識していないはずである。はずであるが、もしかしたら、という主体の姿勢が面白い。結果として現実は現実として揺るがなかったのだが、主体の奇想によって読者の想像の幅は確実に広がった。今回はたまたま世界の裏側を目にすることはできなかったようだが、その好奇心があればいつか〝薔薇〟が〝その美を休〟んでいる瞬間に立ち会えるはずだ。常識を疑う者だけが、現実ではなく、真実に辿り着けるのだから。

いつもならみつめられないいきみの席みつめられるから、今朝、さびしい
／やしろまきこ

結句に〝さびしい〟とあるから、主体は〝きみ〟に好意があるのかもしれない。〝いつも〟は〝きみの席〟に〝きみ〟がいるため、そちらを向くのも恥ずかしくて〝みつめられない〟。けれど〝今朝〟は何らかの理由で〝きみ〟が学校を休んでいるから、〝きみの席〟を〝みつめられる〟。なんて甘酸っぱいんだ。対象の在／不在を〝みつめられない〟／〝みつめられる〟で書き分ける手法が見事である。教室という見慣れているはずの風景のなかに見慣れない一角を見つけたときの小さな感動。でもそれは〝きみ〟の不在によるものなのだと気付いたところに〝さびしい〟がゆっくりと追いついてくる。その時差を表現する方法として〝から、今朝、さびしい〟というふうに採用されたふたつの読点が、読者にも主体の感情を追体験させるのだ。いつか主体に〝きみ〟と目を合わせられる日が来ればいいと思う。そのときにはそのときの甘酸っぱさがあるだろうから。

海行きのバスをわたしに処方して初めて風に泳ぐスカーフ／十条坂

〝処方〟とは、医師が患者の病状に応じて薬の調合と服用法を指示することである。〝わたし〟から〝わたし〟へ〝処方〟されているのは〝海行きのバス〟であるから何らかの病気ではないはずだが、それに近いくらいの疲れがあり、リフレッシュが必要だったということだろう。ただ、肉体的にせよ精神的にせよリフレッシュは主体の内側で行われることであるため、それを〝わたし〟や読者へ可視化するためのアイテムとして登場するのが〝スカーフ〟だ。走行する〝バス〟の窓から車内へ吹き抜ける〝風〟なのか、砂浜で浴びている〝風〟なのかはわからないが、生き生きと〝風に泳ぐスカーフ〟には、日常からの解放感というものを託すことができる。〝初めて〟ならばなおさら、解き放つという印象が補強されるだろう。言葉選びも道具立てもお見事としか言いようがない美しい一首だ。

ここまでがご投稿いただいた作品です。お読みいただきありがとうございました。最後に僕がつくった「休む」の短歌と推敲の過程をご覧いただきます。

せせらぎをかつて両手で休ませてこぼしながらもたましいとした／木下龍也

短歌をつくったり評を書いている合間に僕はよく水を飲む。冷たい水を飲むと、まだ死んでもいないのに生き返る感じがするし、気持ちの切り替えにもなる。専業歌人になって三年ほど経っても、とりあえず限界まで仕事をして、限界を迎えたら「休む」というのを繰り返しているのだが、水を飲むという行為は僕にとって息抜きとして役に立っている気がする。疲れたら海を見に行くという人もいるし、水は「休む」ことと親和性が高いのかもしれない。だから、今回のテーマをいただいたとき、真っ先に水に関することを書いてみようと思った。パソコンの隣にペットボトルの水を置いて、短歌をつくり始めた。

①流れゆく水を両手で休ませて川へ返さずたましいとした

僕が通っていた小学校の近くには〝川〟があり、ときおり友人と一緒にその〝川〟の〝水〟を〝飲んでいた（よい子は真似しないでね）。二十五年ほど前のそんな記憶を、現在から眺めながらつくってみた短歌だ。ペットボトルに留まる〝水〟とは違って、〝川〟の〝水〟は絶えずに〝流れ〟続けており、動きを止めることがない。そんな〝水を両手で休ませて〟僕らは喉の渇きを癒やし、身体の一部としていた。飲んだ瞬間に生き返るようなあの感覚、それを〝たましいとした〟という言葉で表現している。

②流れから両手で休む冷たさを川へ返さずたましいとした

①の先の表現がないかとこねくりまわしてみたのだが、この推敲はいま考えると失敗であ

る。〝流れゆく水〟と〝川〟はいずれか省略可能であると思って、初句を〝流れから〟としている。けれど〝流れ〟と〝川〟もいずれか省略可能である。どうして気付けなかったんだろう。省略した〝水〟の代わりに〝冷たさ〟を置くことで、読者の頭に浮かぶはずの映像に温度を付け足すことができている点は良いと思うが、まずは〝流れゆく水〟と〝川〟をどうにかしてうまく処理しなければ、先には行けない。

③せせらぎをぼくの両手で休ませてたましいとするために飲み干す

〝流れゆく水〟と〝川〟のいずれかを省略するのではなく、ひとつにまとめる言葉として思い付いたのが〝せせらぎ〟だ。②にあった〝冷たさ〟がなくなることで温度は不明瞭になってしまうかもしれないが、〝せせらぎ〟があることで音を付け足すことができていると思う。〝川〟を〝せせらぎ〟にしたことで、〝川へ返さず〟という四句がなくなったのだが、なくしてみてここは不要だったかもしれないと気付くことができた。四句の代わりに置いたのが結句の〝ために飲み干す〟である。〝たましいとする〟とはどういうことかをわかりやすくするために、体内に取り込んでいる様子を書いてみた。気になったのは、〝ぼくの〟である。〝ぼくの〟がなくても主体の〝両手〟だというのは伝わるはずなので、字数合わせ感が気に食わない。〝ぼくは〟ではどうかと検討したが、それでもやはり字数合わせ感は否めない。

④せせらぎをかつて両手で休ませてこぼしながらもたましいとした

気に食わなかった〝ぼくの〟を〝かつて〟としてみた。そして〝ために飲み干す〟というわかりやすさを目的とした結句を削り、その代わりに四句へ〝こぼしながらも〟と置いてみた。このふたつの変更によって、僕としても当初は想定していなかった短歌になったと思う。改めて読んでみると、この短歌の〝かつて〟は、幼少期よりももっと前、今世に生まれる手前の幻想的な光景を指しているような気もする。〝こぼしながらも〟は、〝両手で〟〝水を〟すくい上げるときの描写としてリアリティがあるし、〝たましい〟を持つ前の頼りなさや不器用さのようなものも書けている気がする。たまたまではあるが、思わぬところに着地できたので、これを完成形とした。

詩人の谷川俊太郎さんはご自身の作品である「芝生」(『夜中に台所でぼくはきみに話しかけたかった』/青土社)について、自分が書いたとは思えない、とおっしゃっていました。僕もいつかそういう短歌を書いてみたいと思っているのですが、どうすればいいのかは全然わかりません。歌集に限らず色々な作品に触れたり、日々を生きていくなかで、自身の短歌も変化はしていきますが、やはり自分が書いたと思えるものばかりです。みなさんのなかで、答えをご存じの方がいらっしゃいましたらぜひ、こっそりお教えください。次回もたくさんのご投稿をお待ちしております。

第８回
「ガム」

第８回のテーマは「ガム」です。たくさんのご投稿ありがとうございました。このテーマに決まってから、やたらと「ガム」を嚙むようになりました。僕がいちばん好きなのはロッテのスウィーティ「ガム」です。それではさっそくみなさんの作品を見ていきましょう。

9Fの焼肉屋から降りてくるふたりはガムごと舌をからめて／庄井陽樹

激しいキスをしながら階段を〝降りてくる〟のは不可能であろうから場面はエレベーター内だろう。一般的には避けようとするはずの〝焼肉〟後のキスを、あえてするという〝ふたり〟の興奮が〝ガムごと舌をからめて〟から伝わってくる。さて、なぜ〝9F〟（キュウカイ）なのかを考えてみたい。実際に〝9F〟だったのかもしれないがここには作為があると思う。初句の五音から助詞の〝の〟を引いた四音には、エレベーターに乗る必要のない1Fと音数として足りない2Fと5Fを除いた3F、4F、6F、7F、8F、〝9F〟、10Fが当てはまる（100Fも1000Fも当てはまるが、高さ日本一となる麻布台ヒルズ森JPタワーでも地上64Fなのでそれらも除く）。最も高いのが10Fで、キスの時間が最も長くなるのも10Fだ。けれど〝9F〟であるのには理由があってそれはおそらく音を意識したからだ。二句と三句をカタカナにするとヤキニクヤカラオリテクルとなる。Kの音が多いのだ。そこにさらにKの音を足すことのできる〝9F〟（キュウカイ）を置いているのだろう。こうすることで、いつ途中階でエレベーターのドアが開くかわからないという〝ふたり〟の緊張感を演出しているのではないだろうか。この短歌で描かれているのは1Fに到着するまでの密室の光景なのだ。本来は見えるはずのない光景を間近でできるだけ長く読者に目撃させる。生々しい吐息やリップ音まで聞こえてくるのは気のせいではないのかもしれない。

かんでいるガムにお金を払うとか言わない　ほんとうに好きだから／茂呂直人

あなたの口のなかにある〝ガム〟がほしい。珍しい〝ガム〟だからとかおいしい〝ガム〟だからとかではなく、あなたが〝かんでいる〟からほしい。その〝ガム〟を手に入れるための現実的な犯罪以外の方法は、買うか貰うかの二択だ。あなたと主体の現在の関係性は不明だが、主体に〝お金を払う〟という発想があるということは、知人くらいの間柄なのだろう。一億円払えば買えるかもしれないし、主体の欲は満たせるかもしれないが、あなたに決していい印象は与えない。〝ガム〟に一億円〝払う〟特殊な人として認識されてしまう。〝ほんとうに好き〟の延長に恋人同士や夫婦という将来があるとして、買うを選ぶとそこに至ることはおそらくできなくなる。〝お金〟の介在した関係は続くかもしれないが、主体が望むのはそういう間柄ではないはずだ。〝ほんとうに好き〟な人だからほしくても〝お金を払うとか言わない〟。関係が深まり、いつかその〝ガム〟を貰える未来のために一字空けの部分でぐっと堪えた主体に僕は拍手を送りたい。

なかったらガムテープでもいいからとアンドロイドが抱く膝小僧／山下ワードレス

冒頭の台詞の日常っぽい内容から察するに、舞台設定は〝アンドロイド〟が人間の生活に浸透した未来だ。〝アンドロイド〟は敬語で話す、という勝手なイメージが現在の僕にはあるのだが、この短歌に登場する〝アンドロイド〟は、人間が家族や友人に話しかけているときのようなカジュアルな言葉遣いであるため、関係性も家族や友人くらい身近で親密な存在になっているのだと思う。見た目もほとんど人間だろう。そんな〝アンドロイド〟は、何が〝なかったらガムテープでもいいからと〟言っているのか。ヒントになるのは〝抱く膝小僧〟だ。〝膝〟を〝抱く〟であれば、寂しさや孤独を感じているのではないか、と想像できるが、そうではなく〝膝小僧〟を〝抱く〟なのは、そこに怪我をしているからではないだろうか。人間は慌てて絆創膏を取りに行く。その背中に向けて、絆創膏が〝なかったらガムテープでもいいからとアンドロイドが〟言う。人間はおそらくそんなことを言わない。日常生活において、修理のために〝ガムテープ〟を使うことはあっても、治療のために使うことはないからだ。互いの気遣いが浮き彫りにする〝アンドロイド〟と人間の差。あ、そういえばこの人は〝アンドロイド〟だったわ、と思い出す一瞬。現在には存在しない光景を目の前に立ち上げてくれる見事な一首だ。

揺れたのか揺れてないのか分からずに頬がしばらくガムを引き取る

／山下ワードレス

地震が起きていても〝揺れ〟が小さければ〝揺れたのか揺れてないのか分から〟ないということがたまにある。そのまま何事もなく終わればいいのだが、初期微動の後に主要動が来るかもしれない。大きな地震の続く日本では、〝揺れた〟ような気がしたら、まずは〝揺れたのか揺れてないのか〟を判断する必要がある。そのためには自分自身が動きを止めて、感覚を研ぎ澄まさなければならない。噛むのをやめるために〝頬がしばらくガムを引き取る〟のだ。舌の裏でも前歯の裏でも上顎でもないのは、なるべくその〝ガム〟を意識の中心から外して隅のほうに移動させる必要があるからだろう。また、自身の身体の一部であるはずの〝頬が〟まるで他人のように〝ガムを引き取る〟と表現されているのは、〝頬が〟〝揺れ〟を感知するために必要のない部位だからだろう。そうすることで主体は〝揺れたのか揺れてないのか〟に集中する。動きとしてはだれにも見えない数秒の、数㎝の小さな連携プレーだ。〝しばらく〟という長い緊張感のあとには、また〝ガム〟を噛み始められる日常が戻ってくることを願う。

ヤンキースみたいにガムを噛みしめて本当はむねが張り裂けそうだ／水の眠り

野球に全然詳しくないのだが、メジャーリーガーが試合中に〝ガムを噛〟んでいる姿はニュース映像で何度も観たことがある。〝ヤンキースみたいに〟とあれば、頭に浮かんでいるのが〝ヤンキース〟の選手なのかはさておき、あんな感じなんだろうと伝わってくる。この短歌においてはその感じさえ手渡すことができればいいはずだから、適切な比喩だ。実際にはリラックスするためや、集中力を持続させるために〝ガムを噛〟んでいるらしいが、印象としては余裕が感じられる。主体もきっと見た目としてはそうなんだろう。けれど感情としては〝本当はむねが張り裂けそう〟なのだ。それを悟られないための行為なのかもしれない。初読では、もしかしたら〝噛みしめて〟よりも〝噛み〟ながらのほうがいいのではないかと思った。上句の行為と下句の感情が明確に対比となるからである。が、実感としてはこの短歌の通り〝噛みしめて〟なのだろう。〝噛み〟ながらを選ぶとしたらそれは僕が外野として冷静だからで、〝本当はむねが張り裂けそう〟なとき、感情はどういうふうに隠したって、どうしようもなく行為に干渉してしまうものだろう。小手先のテクニックではなくリアルな表現としての〝噛みしめて〟なのだ。苦しみの生々しさに僕の〝むね〟まで〝張り裂けそう〟になる。

助手席のきみからもらうミントガム風がほしくて窓を開いた／牧角うら

なぜ〝風〟が必要だったのか、二通りの読み方があると思う。ひとつは〝ミントガム〟の清涼感を増幅させるためだ。普通の〝ミントガム〟ならこの世にたくさんあるが、〝きみからもらうミントガム〟は、いまこの瞬間にひとつしかない。〝ミントガム〟を噛みながら空気を吸い込むと爽やかさをより一層強く感じられるが、そんなふうに主体も車内に吹き込む新鮮で、もしかしたら冷たい〝風〟を吸い込みながら、その〝ミントガム〟を強く記憶に刻んだのではないだろうか。もうひとつは心配だったからだ。〝ガム〟には口臭を抑える効果もある。〝ミントガム〟をくれるということは暗に口臭を指摘されているのではないかと不安になり、空気を入れ替えるために〝風〟が必要だった。どちらでも読めるが、美しい思い出となる最初の読み方が僕は好きだ。

粒ガムを植えて出た芽が伸びるのを毎日観察してきた小二／サラダビートル

夏休みの自由研究。〝毎日観察してきた〟と客観的にわかるということは〝観察〟日記を提出された先生目線の短歌だろう。〝粒ガム〟を土に埋めたところまでは本当だったのか、そもそもそれ自体が嘘なのかわからないが、〝小二〟は存在しない〝芽〟を絵にして、その成長を記録した。創作の宿題であればこれは可だが、研究としては否である。けれど相手は大人ではなく、〝小二〟の子どもだ。嘘じゃねーか、と一蹴するのは酷であるが、他の〝小二〟たちは蟻や朝顔や塩の結晶の〝観察〟日記を提出しているだろうから、この〝小二〟の想像力の豊かさを褒めて終わらせるのもなんか違う。叱っても褒めても何か大切なものをこの〝小二〟から奪ってしまう気がする。そんな先生の戸惑いまで受け取れるのは、〝観察して〟みた、と〝小二〟個人の無邪気な話として閉じるのではなく、〝観察してきた〟というふうに無邪気さに対峙する者を作者が設けたからだろう。文字列としてはわずかな違いだが、ここにこの短歌の旨みがあると思われる。蛇足かもしれないが〝小二〟がまったく嘘をついていない可能性としてあり得るのは、〝粒ガム〟を埋めた場所にたまたま何かの種が埋められていた場合である。これなら勘違いや事故ということで、すべてが丸く収まりそうだ。

味のあるうちに飲み込むぶどうガム私の胸で一房たまる／桜庭紀子

果物の〝ぶどう〟を食べるときと比較するとこの感覚がわかりやすくなるかもしれない。〝ぶどう〟を食べるときはおそらく〝ぶどう〟をイメージしていない。実際に目の前にあるからイメージする必要がない。〝一房〟から一粒一粒もぎ取って、口のなかで咀嚼して〝飲み込む〟ため、食べる前と同じ形で〝たまる〟という感覚もないはずだ。けれど、〝ぶどうガム〟はその〝味〟で、匂いで、パッケージの絵で、実際に目の前にはない〝ぶどう〟をイメージさせる。咀嚼することで〝ぶどうガム〟は形を変えるが、咀嚼しながらイメージしている〝ぶどう〟は形を変えない。〝味のあるうち〟ならば〝ぶどう〟のイメージはどんどん鮮明になるだろう。そのときに〝ぶどうガム〟を〝飲み込む〟ことによって、〝ガム〟は胃へ送られるが、〝ぶどう〟のイメージはそのままの形で〝胸〟に残り続ける。その感覚を〝たまる〟と表現しているのだと思う。〝ガム〟は〝飲み込む〟なという注意を無視し続けているという背徳感が〝胸〟に〝たまる〟〝一房〟の〝ぶどう〟をより美しいものに見せているのかもしれない。小さい頃は僕も〝ガム〟をよく〝飲み込〟んでいたが、良い子は真似しないでね。

梅ガムの銀紙ひらくときいつも後部座席で夕暮れだった／すなのこ

高校生の頃、部活終わりはいつも親に車で迎えに来てもらっていた。歩いたって帰れる距離を親は文句も言わずに三年間運転してくれた。気まずいし恥ずかしいから助手席には座らず、〝後部座席〟に黙って座って、ありがとうも言わずに黙って降りた。この短歌を読むまで、そういう記憶が蘇らなかったのは、車内の僕がずっと携帯電話をぽちぽちいじっていたからだろう。人間は聴覚・視覚・触覚・味覚・嗅覚の順に忘れていくという話を聞いたことがある。〝だった〟とあるから主体にとってもこの短歌は過去の記憶であるはずだが、いま短歌として詠むことができるのは〝梅ガム〟の香りを忘れていないからなのかもしれない。〝銀紙〟を〝ひらくとき〟の手元→〝後部座席〟→〝夕暮れ〟へと風景を広げていくカメラワークがとても巧みで美しく、それは〝梅ガム〟を起点に記憶が蘇っていく様を忠実に描いた結果でもあるのだろう。いまはその〝いつも〟から離れてしまったのだと思うと途端に切なくなるが、その風景は目の前にないだけで、この短歌があれば、いつでも〝ひらく〟ことのできる胸の扉のなかにあるのだ。

ここまでがご投稿いただいた作品です。お読みいただきありがとうございました。最後に僕がつくった「ガム」の短歌と推敲の過程をご覧いただきます。

愛されていたひとときにしがみつく黒いガムから地球を剝がす／木下龍也

　先日、山梨県の富士吉田市で歌人の伊藤紺さんとのトークイベントに出演したのだが、話題のひとつとして、日常生活のなかで気になった物事のメモをお互いに発表した（僕はほとんどメモを取らないので、何とかスマートフォンから発掘してきた）。伊藤さんは主に感情についてメモをすることが多いようだったが、僕は「すずらんを揺らして音を聴こうとしている子ども」「車椅子にひらいた傘を載せて小雨のなかを歩く人」「上京してきた母と一緒に電車に乗っている上京したての新社会人の表情」というような風景についてのメモがほとんどだった。すでに短歌にしたメモもあれば、できていないメモもあるが、僕はやはり目で見たものを短歌にすることが多いようだ。今回のテーマである「ガム」についても、最初に思い浮かんだのは、口のなかにあって見えない「ガム」よりも道端にへばりついている「ガム」で、それを短歌にしてみようと思った。

①黒いガムから地球を剝がす

うつむきながら歩けば、吐き捨てられて、どんな味だったか匂いだったかも不明な〝黒いガム〟が見たくなくても目に入る。そしてときおり、清掃員さんがそれをヘラのようなもので〝剝が〟してくださっているのも見かける。実際には床や歩道から〝黒いガム〟を〝剝が〟してくださっているのだが、〝黒いガム〟から床や歩道を〝剝が〟してくださっている、というふうに見方を変えることもできるし、スケールを変えれば〝黒いガム〟から〝地球を剝が〟してくださっていると表現することもできる。下句はこれでいい。問題はどういう上句にするかだ。短歌の一部がスッと出てきたときほど、その他の部分がむずかしくなる。

②地縛霊のようにそこを動けない黒いガムから地球を剝がす

〝地縛霊〟とは、死を受け入れられなかったり理解できなかったりして、死んだときにいた土地や建物などから離れられずにいる〝霊〟のことだ。道端にへばりついた〝黒いガム〟からは〝地縛霊〟に似た印象を受ける。口に放り込まれたと思ったら急に吐き捨てられて、自身の終わりを受け入れたり、理解できているとは思えない。〝地縛霊〟にその場所から離れてもらうためにはお祓いのできる人が必要だろうし、〝黒いガム〟を〝剝がす〟ためには清掃をしてくださる人が必要だ。だから、それらを比喩で繋いで並べてみることにしたのだが、であるならば〝地縛霊のよう〟な〝黒いガムから地球を剝がす〟でいい。〝そこを動けない〟というのは〝地縛霊〟の説明になっているし、字数合わせ感が否めない。

③居てもただ痛いだけだと諭しつつ黒いガムから地球を剝がす

②の上句は却下したのだが、僕はどうにも〝黒いガム〟は〝地縛霊〟的な存在であるという考えから離れられなくなってしまった。なので、その考えは持ちつつも控えめにして、何かしらの無念のある存在へのメッセージを書いてみたのが③だ。〝黒いガム〟はそこにあり続ければ、何度も踏まれてしまうだろうし、あたたかい視線を向けられることもない。だから成仏というか、別の世界へ送り出してやるために、ここにいてもいいことはないと〝諭しつつ〟〝地球〟という現世から〝剝がす〟のだ。

④まだ心残りがひとつあるような黒いガムから地球を剝がす

頭を冷やして上句を考えてみた。怪談好きな僕は〝霊〟の話になると熱くなって読者を置いていってしまいそうになる。一旦現実に戻ろう。〝黒いガム〟とは意思疎通ができないから〝諭しつつ〟なんてできない。書けるのはこちらから見た印象だ。道端の〝黒いガム〟はどうも幸せそうではない。望んでそこにあるわけではなさそうだし、現在の自身の姿に納得もしていなそうだ。ここまでなら勝手に僕が想像していることなので、まあ〝霊〟の話よりは現実寄りだろう。ではなぜそういう印象を受けるのか。そこを掘ってみたところに完成形がありそうだ。

⑤愛されていたひとときにしがみつく黒いガムから地球を剝がす

僕の出した答えは〝黒いガム〟には〝愛されていたひととき〟があるから、というものだ。求められ、あたたかさに包まれ、それまでの形をほどかれていった記憶が、吐き捨てられたどの〝黒いガム〟にもあるだろう。なぜ捨てられたのかはわからないが、もしかしたらいつかまた同じように、それ以上に、〝愛され〟るかもしれない。だから〝黒いガム〟は自身の記憶に、道端に〝しがみつ〟いている。けれど、そのいつかが来ないと清掃員さんは知っている。それゆえに〝地球〟という現世から〝剝がす〟。という短歌にしてみた。これであれば〝黒いガム〟についてだけでなく人間というものも描けているような気がするので、完成形とした。

そういえば、あけましておめでとうございます。二〇二三年の五月に発足した連載ですが、おかげさまで年を越すことができました。部員のみなさん、そして編集担当の方、ありがとうございます。まだできたてほやほやですが、これからもいい短歌を読み、いい短歌を詠める部として、みなさんの居場所のひとつになれたらいいなあと思っております。本年もどうぞよろしくお願いいたします。

第９回

「３／サン／さん」

第９回のテーマは「３／サン／さん」です。たくさんのご投稿ありがとうございました。今回は一度に三つのテーマが出題されているようなものなので、どれにするか僕はかなり迷ってしまいました。全体的には敬称の「さん」をテーマにした短歌が多かったです。それではさっそくみなさんの作品を見ていきましょう。

納豆の3連パックの真ん中を引き抜く父の淋しき王権／芍薬

容器が縦に積み上げられているタイプの〝納豆の3連パック〟。その〝真ん中を引き抜く〟のは、手間を省くためだろう。包装フィルムを剝がして、必要なひとつを手に取り、残りを冷蔵庫に戻し、包装フィルムをゴミ箱に捨てるのは本当に面倒くさい。僕も癖になっていて、最終的には自分が包装フィルムを剝がすのだが、ひとり暮らしをしている現在もごく普通に〝真ん中を引き抜〟いてしまう。許されてきた過去があるからだろう。実家で暮らしているときからの習慣で、包装フィルムはおそらく母が片付けていた。この短歌の〝父〟も同じなのではないか。面倒な手順を家族のだれかにやらせるという横暴が許されている現状を描くのであれば〝父の〟〝王権〟で意味は通じる。けれど、そこに〝淋しき〟が挟まれているのは、処理してくれていただれかと離れてしまった現在でも〝真ん中を引き抜〟いているからではないだろうか。その様子をたまたま主体は見た、あるいは、片付けてくれていただれかがいなくなって、初めて主体にもその〝王権〟が見えた。だから〝淋しき〟なのではないか。〝3連パック〟に家族を重ねてみると、〝真ん中を引き抜〟かれ、だるま落としのようにパックがずれて一番上に生まれるひとつぶんの空洞は、たわんだ枠組みが抱き続ける、もう元には戻せそうにない〝淋しき〟喪失そのものなのかもしれない。

そんなこと言ってないってケルベロスのうちひとつが泣きじゃくっている
／堀江美帆

〝ケルベロス〟はギリシア神話に登場する怪物で、一般的な造形は三つの頭を持つ犬である。この短歌の〝ケルベロス〟は擬人化されているのだが、読者である我々も自分自身を擬〝ケルベロス〟化してみると、その苦しみがよくわかる。本来の頭部とは別に、両肩にも頭部があり、それぞれに脳が収まっており、それぞれに意識があるにもかかわらず、首から下の身体はひとつなのだ。右折するか、左折するかだけでもいちいち争いが起こりそうである。例えば、三つの頭に上下関係や意思決定の優先順位がなく、多数決で決まる場合、頭Aと頭Bがドッグランに行きたいと思い、頭Cが精神的な不調を訴えたとしても、じゃあお前は家で休んでいろとはならずに、全員で芝生の上を駆け回ることになるのだ。三つの頭の意思が一致しない限り、必ず頭のどれかの意思とは違う動作を身体が実行してしまう。そんなとき、お前も来たいって〝言って〟たじゃないか、と真横から声がしたらどうだろう。悔しくて〝泣きじゃく〟る気持ちが痛いほどわかる。しかも、隠れて涙を流すことさえできないのだ。擬人化すると可哀想でなさそうなものが可哀想に思えてくる。

3人で通るのちょっと厳しくて体をうひょ〜ってしながら歩く／薄暑なつ

ぎりぎり〝3人〟が横並びをキープできるかどうかくらいの幅の道なのだろう。〝うひょ〜〟は壁や電柱やすれ違う人をどうにか避けている様子を表していて、ぶつかりそうで危ないとか怖いとかそういうスリルごと楽しみながら横並びをキープしていることが伝わってくる。思えば、子どもの頃はそうだった。いまこの瞬間を夢中で話しながら〝歩く〟僕たちが主役で、壁や電柱やすれ違う人は脇役だった。事前に避けておくのではなく、何かが来たら来たで〝うひょ〜〟と避けていたが、大人になるとそうもいかない。マナーを覚え、ルールを覚え、いつの間にか僕たちの主役感は薄れていく。だから短歌の主体にもそれを自然に強いてしまう。こういう場面で短歌にしやすいのは、ふたりに前を譲って、後ろをついていくある意味で大人のひとり側の風景や感情だと思う。作者の頭にもそれが浮かんだはずで、おそらくあえて定石は選ばなかったのだろう。ゆえにこの短歌は新鮮だった。わざわざ寂しいほうに回らない、寂しいひとりをつくらない、短歌のなかでは。そんな気持ちさえ感じて、僕はなぜか嬉しくなってしまった。

3人の写真が増えた　4人での写真をもっと撮りたかったよ／佐倉京

作者のコメントに「父がこの初夏に闘病のすえなくなりました。今まで旅行などの際に撮る家族写真は4人だったのに、この夏からは3人となりました。今まで3人で撮ることはほとんどなかったのでその写真を見るたびにとても悲しくなります。その気持ちを込めました。」とあった。短歌に父という言葉がないのは、欠けてしまったひとりが父であると作者にはわかるからだろう。それが余白として機能し、個人的な悲しみを保存しながら、決して閉じるわけではなく、子を亡くした方にとっても、友人を亡くした方にとっても、心の拠り所となる作品に仕上がっているように思う。大切なひとりが欠け、悲しみに暮れていると き、似た境遇のだれかがいるんだと思えることは、わずかでもその人の支えになるはずだ。そのような経験をしたことのない方も、現在のだれかとの関係性が永遠ではなく、だからこそ大切にしなければならないと、当たり前だけれども忘れがちなことを思い出すきっかけになるはずだ。だからこれは、作者自身のための短歌でありながら、あなたのための短歌でもある。

とうとうと眠る親子の川の字の少し下流で花も寝ている／山下ワードレス

今回のテーマから連想して〝川の字〟に〝寝〟る、という慣用句を扱った作品はいくつもご投稿いただいたのだが、それらのなかでこの短歌は頭ひとつ抜けていた。上手いなと思ったのは〝下流〟という言葉選びだ。個人的には、〝とうとうと〟も〝川の字〟も、ただのテキストであって、それだけでは淀みのない水の流れをイメージするのがむずかしい。けれど、〝下流〟があることで、〝とうとうと〟と〝川の字〟というテキストから水が溢れだし、布団やベッドという枠のなかだけではなく、〝花〟が飾られている足元の方向にも、さらにはその先にも、淀みのない水の流れのイメージが延長されるのだ。そして、〝下流〟と書かれれば、上流も想像してしまう。だから、実景としてはただ〝親子〟が並んですやすや就寝しているだけなのだが、その寝室をひとつの長い〝川〟が貫いて流れている幻想的な光景が重なって見えてくるのだと思う。僕にとっては現実と夢の間のような不思議な光景を見せてくれる一首だった。

3億の生きた乳酸菌たちの苗字がすべて山下となる／山下ワードレス

ある時期から〝生きた〟まま腸に届く〝乳酸菌〟というキャッチフレーズを耳にするようになり、まあなんか、〝生きた〟まま届いてくれたほうが健康に良さそうだよなと思いながら、そういうことが書かれてあるヨーグルトを好んで選ぶようになった。特に効果を実感しているわけではないが、このキャッチフレーズによって大きく変わったのは、それまで気にすることのなかった〝乳酸菌〟の生死に意識が向いたということだ。〝乳酸菌〟はもともと生物だが、生死に意識が向くことで、僕のなかでは初めて物から生物に変わったような気がする。それらがしばらくは身体の内側に存在し、文字通り身内と捉えることもできるから、〝苗字がすべて山下となる〟のだろう。このぶっ飛んだ発想が面白い。踊り食いできる白魚を同じように思えないのは、食べることによって殺してしまっている、死なせてしまっているという意識が働くからだろうか。〝乳酸菌〟の場合、食べているのは非生物のヨーグルトだから、そのような意識は働かずに済む。〝山下〟のなかにいる〝3億〟の〝山下〟たち。それは新しく儚い共同体だ。

今だけは主役となって台風の午前三時を踊る空き缶／長尾桃子

窓の外からするカランカランという音から想像したのだろうなと思うのは、主体が目で見ているのだとすると、おそらく他にも揺れる木など〝主役〟級の何かがありそうだし、主体が部屋でなく外にいるのであれば、おそらく他にも風の音など〝主役〟級の何かがありそうだからだ。目ではなく、耳で見た〝空き缶〟といったところだろうか。〝空き缶〟に〝主役〟のチャンスがあるとしたら、人も車も少なく、街も眠っている〝午前三時〟で、〝台風〟によって激しく転がることができて、主体がたまたま起きている、という条件の揃った〝今だけ〟なのだ。主体がスポットライトを当て、観客になってくれたことによって、いや、チューニングを合わせ、リスナーになってくれたことによって、激しく転がる様子が主体の頭のなかではダンスに変わる。〝台風〟という姿のない演出家を引き連れて、舞台の上にいるのは〝空き缶〟、お前だけだ。ラストダンスかもしれない。時間が経てばまた、ゴミのひとつに戻ってしまうかもしれない。だから、思う存分、その身体を振り乱せ。

三年間つぶしつづけたかかとから砂がこぼれるようなさよなら／牧角うら

〝三年間〟が中学生や高校生の期間を指しているのだとしたら、そこに付帯する別れとは卒業だ。四年目からも〝三年間〟と同じような日々が継続するのであれば、靴の〝かかと〟を〝つぶし〟て履き〝つづけ〟るだろうし、そこに入り込んだ〝砂〟に気が付くこともなかっただろう。正しく履かなければならないタイミングが来たからそうしたのか、靴を捨てるタイミングが来たからそうしたのかはわからないが、〝かかと〟を元に戻して、靴を逆さにしたときに〝砂〟は〝こぼれる〟。もしかしたらそれが〝三年間〟という〝砂〟時計の〝砂〟が落ち切る最後の一瞬に見えたのかもしれない。目にしてやっと、ああ、本当に終わりなんだと実感する。この短歌に詠まれているのはそんなふうに、気配だけは感じていたけれど、言葉にされてみてやっと別れることを実感する〝さよなら〟なのではないだろうか。僕はそう読んで勝手に切なくなったが、作者の意図を聞いてみたい一首でもあった。

ほんとうにすごい翼を持つ竜は参観日まんなかの我が母／小里京子

小さく手を振ってほほえんでいるママ。どんな言葉にもうなずいているパパ。振り返った教室の後方にずらりと並ぶそんな親たちの〝まんなか〟に立っている〝我が母〟。誇らしげな表情で堂々と君臨し、威厳すら感じられる立ち姿が〝母〟を神秘的な存在に見せたのかもしれないし、あるいは、私の子は先生の質問にちゃんと答えられるだろうか、ちゃんと授業を理解しているのだろうか、という心配や緊張で眉間にしわが寄ったり、肩に力が入ったりしている姿が〝母〟を超自然的な存在に見せたのかもしれない。それが〝竜〟のイメージに着地したのは〝ほんとうにすごい翼〟も同時に見たからだろう。その〝翼〟を構成するのは、おそらく〝母〟の左右に並ぶ親たちである。〝まんなかの我が母〟だけが子の視界のなかでは立体的に見え、その他の親たちは〝母〟の背中から生えている〝翼〟として平面的に見えた。だから、〝母〟が〝竜〟に見えたのだと僕は読んだ。蛇に似た日本や中国の〝竜〟というよりは、ポケットモンスターに登場するリザードンのような西洋のドラゴンに近いタイプの〝竜〟だろう。対象だけではなく、その周囲をも巻き込んで成立させる暗喩に唸らされた。天使や悪魔という選択肢もあったはずだが、そうすると善悪どちらかのイメージに偏ってしまう。〝翼〟があり、善にも悪にもなり得て、迫力のある存在としては〝竜〟が適切なのだ。

ここまでがご投稿いただいた作品です。お読みいただきありがとうございました。最後に僕がつくった「3／サン／さん」の短歌と推敲の過程をご覧いただきます。

一本の幹をゆっくり削られて姓が森から林へ変わる
一本の苗木をそっと植えられて林から森へと変わる姓／木下龍也

申し訳ありませんが今回は短歌がつくれませんでした、という謝罪文をここに掲載しようかと思うほどかなり悩んだ。冒頭でも述べた通り「3／サン／さん」は三つのテーマが出題されているようなもので、マルチタスクが苦手な僕にとっては取り組むこと自体がとても苦しい回だった。どれかひとつに絞ればいいのだが、「3」に決めたとしても、行き詰まったらやっぱり「サン」にしようかな「さん」にしようかなと思ってしまうし、いつもなら諦めずに掘るはずのところで手を止めて、他の穴に移ってしまう。

①姓が森から林へと変わるとき引っこ抜かれてしまう一本

第三の目、三途の川、酸欠、サンリオ、サンダル、サンドイッチ、佐藤さん、ぞうさん、おさんぽ、はい・いいえ・どちらともいえない、じゃんけん、〝森〟。とりあえずテーマから連想できる言葉を並べているときに、妹から入籍したという連絡が来た。新しい苗字も教えてくれた。そこで思い付いたのが、この短歌だ。三本の木で構成される〝森〟という〝姓〟が二本の木で構成される〝林〟という〝姓〟に変わる。〝一本〟の木の減り方として〝引っこ抜かれて〟を採用しているが、何か他にもないだろうか。

②のこぎりで幹をゆっくり削られて姓が森から林へ変わる

③一本の幹をゆっくり削られて姓が森から林へ変わる

現実的に木は電動チェンソーや〝のこぎりで〟切り倒されるようなので、〝森〟さんが〝林〟さんになるというテキスト上のイメージに少しでも現実感を足すために、すぽんと〝引っこ抜かれ〟るのではなく、〝のこぎりで〟〝削られて〟というふうにした。〝ゆっくり〟という言葉は、とあるふたりが出会い、結婚に至るまでの時間の経過を表現するために入れた。③では初句を〝のこぎりで〟ではなく〝一本の〟としてみた。〝姓が森から林へ変わる〟というオチへの導入として重要なのは、何を使って〝削られ〟たのかではなく、〝一本〟が〝削られ〟たということだと思ったからだ。

④植えられた苗木が徐々に成長し林から森へと変わる姓
⑤一本の苗木をそっと植えられて林から森へと変わる姓

逆もあるだろうということで、〝林〟さんが〝森〟さんになるパターンである。二首つくってみたが、③と形を揃えるためにも⑤を優先した。〝林〟さんに足される〝一本〟の木は、ふたりが出会った時点で静かに〝植えられて〟いたのだということを書き、これを完成形とした。本来なら③か⑤のどちらかを選ぶのだが、どちらも捨て難く、セットで今回のテーマの短歌とした。蛇足だが、〝森〟さんから〝林〟さんになる人の苗字から外された〝一本〟の木が、この世のどこかに保管されていて、〝林〟さんから〝森〟さんになる人の苗字へ供給される、みたいな短歌も書いてみようと思ったが、完成には至らなかった。

そういえば、ご投稿いただいた作品のうち、採用させていただいた短歌以外は未発表の作品となりますので、他の投稿欄のテーマや題に合うものがあれば、そこへお送りいただくことも可能です（逆も可、常に自由詠を募集している投稿欄もあります）。何をいい短歌と思うかは選者によって異なるため、ある欄で不採用だった短歌が別の欄で採用されるということが、僕の投稿時代にも多々ありました。一度つくった短歌は簡単に捨てずに、管理に注意しながら、もっと深めたい場合は推敲し、いろんな人の目にふれる機会を与えてあげてください。

第10回

「やがて」

第10回のテーマは「やがて」です。たくさんのご投稿ありがとうございました。「やがて」「やがて」と考えていると、森山直太朗さんの『生きとし生ける物へ』が頭のなかで鳴り始めてしまって、止めるのが大変でした。それではさっそくみなさんの作品を見ていきましょう。

ヤガテシモ、ヤガテシモって手を振った夕日はそれより大きく振れた／髙山准

forte（＝強く）や piano（＝弱く）に -issimo（＝とても）を付けると fortissimo（＝とても強く）や pianissimo（＝とても弱く）になる、と音楽の授業で習ったような気がするが、〝ヤガテシモ〟という造語もこの文法になぞらえてつくられたのかもしれない。とてもやがて。あるいは、やがて死も、やがて詩も、など多義的に読むことも可能である。〝手を振〟るという行為にしても、親しい人に応答を求める合図とも読めるし、さようならに伴う動き、とも読める。そして、その〝手〟は主体と〝夕日〟の間にいるだれかに向けられているとも、〝夕日〟そのものに向けられているとも読める。いくつかの可能性を考慮した上で、僕なりに選択しながら読んでみると、この短歌はだれと別れたのか思い出せないくらい遠い過去の光景を詠んだものだ。位置関係は手前から主体（の視界）・だれか・〝夕日〟の順だ。〝夕日〟の方向へ歩き去るだれかに向けて主体は、やがてまた会えるとは思えないが、やがての先、とてもやがて、であれば会えるかもしれない、離れながら小さくなっていくだれかにそんな思いを込めて〝手を振った〟。遠くなるごとに〝手〟の揺れは〝大きく〟なり、それに伴って上半身も揺れ、視界の中の〝夕日〟も〝大きく〟揺れているように見えた。でも、そのだれかがだれだったのかは思い出せない。別れたときの感情やそのときの光景だけが記憶にある。だからこの短歌には主体と〝夕日〟しかなく、その間にいたはずの人物がいないのだ。

涙を流しながら目覚めて、悲しかったことはわかるが、なぜ悲しかったのかは覚えていない夢。それに似た短歌なのかもしれない。

身代わりにこぼれる梅の花びらはやがて賑わう季節をひとり／もりゆみ

〝梅の花びらは〟何の〝身代わり〟として〝こぼれる〟のだろうか。ふたつ考えられそうで、ひとつは〝梅の〟木そのものの〝身代わり〟として、だ。あらゆるものを奪っていく時間というものに、自身の一部である〝花びら〟を捧げることで、〝梅の〟木はその生命を見逃してもらっている。そんなふうに本体の〝身代わり〟となった〝花びら〟が春の手前の路上を孤独に転がっているのだ、と読むこともできるだろう。もうひとつは桃や桜の〝身代わり〟として、だ。〝梅〟は早い地域で一月下旬から咲き始める（二〇二四年の東京では一月九日に開花を観測されている）が、品種によっては十二月半ばに開花するものもある。〝梅〟・桃・桜のなかでは〝梅〟が最も早く咲くのだ。散るのも桃や桜より早いはずだ。つまり、桃や桜が〝花びら〟で彩ることのできない冬の路上に、せめて色を添えるための〝身代わり〟として〝賑わう季節〟に加わることなく〝梅の花びら〟は散っている、と読むこともできるだろう。いずれにせよこの短歌によって光を当ててもらわなければ、気付くことのできなかった寂しさだ。

おばあちゃんやがてニューおばあちゃんになり俺の名前を覚えてくれる／鳥さんの瞼

例えば、あなたと僕が古くからの知り合いで、何度も会っているにもかかわらず、ある日突然、僕があなたの〝名前を〟忘れてしまったとしよう。えっと、何さんでしたっけ？というふうに。そして次に会ったとき、僕があなたの〝名前を〟何事もなかったかのように呼んだらあなたは、思い出したのか、とは思っても、〝覚えてくれ〟たのか、とは思わないだろう。思い出したのか、ではなく、〝覚えてくれ〟たのか、とあなたが思うためには、これまでの関係性を初対面や二度目の対面くらいにまで戻す必要がある。だから、〝ニューおばあちゃん〟というのは、これまでと見た目は同じだが、孫である〝俺〟との関係性が初期値に近い状態の〝おばあちゃん〟ということだろう。それならば〝覚えてくれ〟たと思うことが可能である。〝名前を〟忘れられるのは少なからずショックではあるはずだ。けれど、そのまま悲しみに暮れるのではなく、だったら初めて会ったときのように〝名前を覚えて〟もらうことから始めればいいじゃないか、と希望を見出してみる。そんな頼もしい一首なのだと僕は読んだ。

だんだんと君を嫌いになる理由はやがてわたしが混ざっていくから

／ゆはら　しおぎ

関係性は明示されていないが、恋人や友人同士であっても一緒に過ごす時間が長くなればなるほど、性格や仕草や行動や口癖や匂いなどが似てくることがある。夫婦は顔が似るという話も聞いたことがある。その過程を一方から見れば〝君〟に〝わたしが混ざっていく〟ように感じるはずだ。自分に似た人を好きになる人もいれば、自分と違う人を好きになる人もいて、前者であれば〝混ざ〟ることを心地よく感じるはずだが、主体はおそらく後者に近いのだろう。かつ、もしかしたら自分のことがあまり好きではないのかもしれない。それなのに、時間の経過とともに〝君〟と〝わたし〟の差は減っていってしまう。〝わたし〟に〝君〟が〝混ざっていく〟のは構わないが、〝君〟には〝君〟のままでいてほしい。〝君〟のなかに〝わたし〟がちらつくたびに離れようとしてしまうのなら、それはつまり〝嫌い〟と同意だ。〝わたしが混ざ〟らないようにするためには、同じ時間を過ごさないのが手っ取り早い方法で、でもそれは〝嫌い〟な人への対処法と同じである。だれかを好きでいたいなら、〝わたし〟が変わるしかないように思うが、そんな簡単なことではないだろう。僕は自分に似た人を好きになる傾向があるから、だれかを〝嫌いになる理由〟としては新鮮で驚かされた一首だった。

麦畑　やがてマルちゃん正麺になるその日までしゃんしゃら光れ／高原すいか

日当たりのいい〝畑〟ですくすくと育つ小〝麦〟たちが黄金色に輝く。〝しゃんしゃら〟というオノマトペは、芒（のぎ）と呼ばれるひげのような突起ひとつひとつが風でざわめく様子を近接で、風に揺れる小〝麦〟たちが互いに触れ合っている光景を望遠で、頭に浮かべてくれる。例えば、いま僕の手元にある湖池屋のポテトチップスのパッケージには青空の下にあるジャガイモ〝畑〟の写真（イラスト？）が印刷されていて、これはおそらく購買意欲を促進するための演出だと思うが、この短歌が〝麦畑〟を想像させるのは、似たような効果を狙ったものではないだろう。小〝麦〟粉ではなく〝麦畑〟を想像してしまうと〝マルちゃん正麺〟という結果とのギャップにショックを受けるからだ。乾〝麺〟となった小〝麦〟たちは日光で黄金色に輝くこともなければ、風に揺れることもない。袋やカップの内側の暗闇にぎゅっと圧縮されている。〝麦畑〟にいたころとは対照的な状態にあり、製造工程でその伸びやかさを奪われていったのだと思うと、どうも可哀想である。〝マルちゃん正麺〟というチャーミングな名前さえある種の縛りのように思えてしまう。これはこの短歌を読む前まではなかった感情だ。牛や魚などを食べるときはどこで生まれ、どういうふうに育ってきたのかと考えることもあるが、〝マルちゃん正麺〟についてもそういうことを考えさせるのは、〝麦畑〟までさかのぼるというアイデアと〝しゃんしゃら〟という伸びやかな動きを伴うオノマトペの効用が大きいように思う。〝マルちゃん正麺〟となるために植えられたのだとしても、〝その日まで〟をどうか謳歌してほしい。

やがて死ぬのよあたしたち、光るのよ、ラメの入った琥珀になって／織井陸

現存する〝琥珀〟は太古の木の樹脂が地中で硬化した天然石だ。できるまでに数千万年かかるらしい。つまり、〝あたしたち〟の命が尽きて〝琥珀にな〟るまでには数千万年以上の猶予があるということだ。人間のままでは〝琥珀にな〟れる可能性はないが、それほどの途方もない時間があれば、分解や転生によって樹脂の成分となり、〝琥珀〟となることも可能かもしれない。さて、僕がこの短歌で惹かれたのは〝ラメ〟だ。おそらくこの〝ラメ〟はその〝琥珀〟が、かつて〝あたしたち〟だったという印のようなものなのだと思う。が、数千

万年後の世界にそれをわかってくれる存在がいるだろうか。もし〝ラメ〟に気付いたとしても、なんか他のよりキラキラしているなあという程度で、それがかつて〝あたしたち〟だったということは伝わらないはずだ。でもそれでいいのだろう。石の模様だってそうじゃないか。〝あたしたち〟のキラキラは〝あたしたち〟がいつまでも手放さず、いつまでも忘れなければいいのだ。手放したくないし、忘れたくない。そんな祈りを感じた。

東京　どの富士そばに入っても同じ形のおじさんがいる／春野ざらし

〝富士そば〟は都内を中心に首都圏で展開されているチェーン店で、客層はサラリーマンや中高年が主流である。僕もよくお世話になっている。で、〝どの富士そばに入っても〟BGMは演歌だ、とは言えるのだが、〝同じ形のおじさんがいる〟かどうかはわからない。主体にとってはそうなのだとしても、ぱっと共感できるような内容ではない。ではなぜ僕がこの短歌に惹かれたのかというと、おそらく暗示をかけられたからだ。〝同じ形のおじさんがいる〟と断言されると、定型の魔力とも相まって、なんだかそんな気がしてくる。記憶のなかの〝富士そば〟の風景に、〝同じ形のおじさんがい〟たような気がするし、今後〝富士そば〟を利用する際も、〝同じ形のおじさん〟を探してしまう気がするのである。暗示という目で改めてこの短歌を読んでみると、五音であるはずの初句に〝東京〟の四音しか置かれていないのも気になってくる。の・は、などの助詞を置いても意味としては変わらないはずなのに、一拍分の空白があるのだ。催眠術師が暗示をかける前に指を鳴らすように。ああ、そういえばちょっと話題は変わるんですが〝どの富士そばに入っても同じ形のおじさんがい〟ますよね。

ぼうずからヘアスタイルが変遷しぼうずで終わるような噴水／山下ワードレス

直喩は例えるものと例えられるものの間にあるイコールが長ければ長いほど威力を増すが、伸ばしすぎるとゴムがちぎれてしまって誰の胸も撃ち抜けないスリングショットみたいなものになる。そして、どこまで伸びるかというのは提示されてみて初めてわかるものだが、ある人物の髪型の移り変わりと〝噴水〟の演出は最北端と最南端くらいの印象を受ける。どのような〝変遷〟なのか詳細は書かれていないが、髪は一ヵ月で約一㎝伸びるらしいので、例えば、〝ぼうず〟がロングの三十～四十㎝になるまでには二年半～三年四ヵ月の年月を要する。〝噴水〟の演出は長くても数十分程度だろう。時間のスケールが違うためなかなかここを結ぶことはできないはずなのだが、結ばれてみると納得感がある。髪型の〝変遷〟を早送りで鑑賞すれば〝噴水〟の演出のように見えるだろう。髪型にアフロやリーゼントが含まれていた可能性や色々試行錯誤して結局は〝ぼうずで終わる〟人物の物語を想像するとより面白く感じられる。第9回に採用させていただいた山下ワードレスさんの〝とうとうと眠る親子の川の字の少し下流で花も寝ている〟もそうだったのだが、そこにはない風景を目の前の風景に重ね、レイヤーアートのように現実を楽しませてくれる短歌だ。

めまいして星が行き交い宇宙から遊びなさいと声が聞こえる／綾　をさむ

もしも〝宇宙から〟の〝声〟が存在するならば、その内容は〝宇宙〟はなぜ始まったのか、人間はどこからやってきてどこへ向かうのか、死後の世界はあるのか、神はいるのか、への答えのような、人類全体への天啓のような、そんなメッセージであってほしいという謎の期待が僕にはある。が、〝めまい〟というトランス状態で主体が受け取ったのは〝遊びなさい〟というアドバイスである。主体は息抜きをする暇もなく仕事をして、そのストレスで〝めまい〟が起きてしまったのかもしれない。だとしたらこのアドバイスは適切だが、〝遊びなさい〟くらいなら親や医師や友人にだって言える。わざわざ〝宇宙から〟送らなくてもいい。なんだか太陽を動かしてひとつのランプに火をつけるくらい滑稽な話で、無駄なエネルギーが使われているような気がする。けれど、主体にとってこのアドバイスはこれまでにないくらい説得力を持ったものになるだろう。だってそれは、わざわざ〝宇宙から〟送られたアドバイスなのだから。幻聴だとしても〝宇宙から〟の〝声〟と主体が信じれば、それは〝宇宙から〟の〝声〟なのだ。第三者である僕から見れば滑稽に思えたとしても、主体にとってはその火はかけがえのないものになるだろうし、今後もその火を消さないようにするはずだ。この短歌を読みながら、本屋さんでひとり、はじめて歌集を開いたときのことを思い出した。

ここまでがご投稿いただいた作品です。お読みいただきありがとうございました。最後に僕がつくった「やがて」の短歌と推敲の過程をご覧いただきます。

やがて満ち足りる湯船に身を投じ水位に加勢しただけの夜／木下龍也

個人的に話し言葉としてはほとんど使うことのない「やがて」。文章で読むことは多々あるが、書き言葉では格好をつけるためにたまに使う程度で、なんというか僕の日常からは遠い言葉だ。改めて調べてみると「やがて」は、まもなく、そのうちに、じきに、など近い将来にその事態の実現が確実だと思われる場合に使われるらしい。おそらく僕は現時点から先の時間において何かが確実に起こる、みたいなことをあまり信じていないのだろう。そんなふうに信じられるのって、死とか季節くらいしかないんじゃないかとどこかで思っているから、「やがて」は僕の日常から遠いのだと思う。と今回の短歌が全然できない言い訳を考えながら、まだお湯の溜まり切っていない〝湯船〟で体育座りをしているときにこれだと思った。お湯を出していれば、近い将来に確実に溜まる。不確かな未来に光が見えたような気がした。

①やがて満ち満ちる湯船に身を投じお湯に付け足す54キロ

週に一度は浴槽に浸かって疲れを取るようにしているのだが、週に六度はシャワーだけで済ませているため、〝お湯〟が溜まるまでの時間の長さに耐えられない。溜まってから浴室へ向かえばいいのかもしれないが、入るぞと決めたそのときに入らなければ、入浴という困難なミッションはクリアできない。だからいつも裸になって浴槽の前に立ち、湯張りを開始する。ただ突っ立って〝お湯〟を見ているだけの時間はもったいないので、僕も浴槽に入り、体重で湯張りに協力する。とりあえずそんな内容を定型にしてみた。

②やがて満ち足りる湯船に身を投じお湯に加勢ができてうれしい

まず〝満ち満ちる〟を〝満ち足りる〟に変更した。〝満ち満ちる〟は〝満ちる〟を強調し、溢れ出さんばかりに充満・充実しているさまを表す言葉だけれど、別に僕はそんなに溜まってほしくない。自分にとってちょうどいい量になればそれでいいというのが日頃の実感に沿う言葉だからだ。次に〝付け足す54キロ〟を〝加勢ができてうれしい〟に変更した。少しずつ溜まっていく〝お湯に〟体重で協力するときの気持ちとしては、ただ冷静に数字を〝付け足す〟というより応援している感覚に近いからだ。

③やがて満ち足りる湯船に身を投じ水位に加勢しただけの夜

②では①を実感や感覚に近づける推敲をし、次の段階で〝お湯に〟を〝水位に〟に変更した。実際、〝湯船〟で僕が目にしているのは〝お湯〟の量の変化ではなく、〝湯船〟の内側面を上昇していく〝水位〟だからだ。あの線に注目してもらうことで、読者の頭に浮かぶ映像も〝お湯に〟のときよりはクリアになったように思う。そして最後に〝加勢ができてうれしい〟を〝加勢しただけの夜〟に変えた。そのとき〝うれしい〟のは確かなのだが、振り返ってみれば、僕は何をやっていたんだろう、なぜあんなことで喜んでいたんだろう、という気

持ちも拭えない。原稿を早めに送るとか、メールをすぐに返すとか色々とやるべきこと、できることがあったんじゃないか。そんなことを思いながらこれを完成形とした。俯瞰と寂しさが添加できたような気がする。

さて、記念すべき第10回でしたが、次回からは掲載させていただく短歌を増やしたいと思います。といっても、評を書くのは時間的にも力量的にも毎回九首が限界なので、評ありの九首＋評なしの五首＋僕の一首という構成を考えております。そのためにもぜひ、ご家族やご友人もお誘い合わせの上、たくさんご投稿いただければ幸いです。今後ともよろしくお願いいたします。

第11回

「車窓」

第11回のテーマは「車窓」です。たくさんのご投稿ありがとうございました。先日、「車窓」のない新幹線を想像しながら四時間ほど新幹線に乗ってみたのですが、ずっと息苦しかったです。それではさっそくみなさんの作品を見ていきましょう。

〈ソープランド〉のネオンが浮かんですぐ消えて下半身からホームに降りる
／弘平谷隆太郎

夜、西荻窪駅から吉祥寺駅へ向かう電車で進行方向左側の窓を見ていると〝〈ソープランド〉のネオンが〟縦書きに赤く輝いている。作者コメントを読むと、僕がいつも見ているものと同じだった。そこへ向かっているわけでも、見えるのを楽しみにしているわけでもないのだが、視界に入るとわずかに心が揺れる。なんというか、映画を観に行くとか、買い物に行くとか、そういう日常のなかに差し込まれる非日常としてはあまりにも目立っていて、毎回小さく驚いてしまう。かと言ってだれかにそれを伝えたりはしない。ひとりで飲み込むというか、視界のなかを流れて行って、ちょっとドキッとして、吉祥寺駅に着いて、なかったことになる。そんななかったことにしてきた一瞬の積み重ねをこの短歌が保存してくれているようで嬉しくなった。〝下半身からホームに降りる〟のは、我々が当たり前にやっている自然なことだ。〝下半身から〟と書かなくても、〝ホームに降りる〟だけでいいはずである。けれど、わざわざ〝下半身から〟と書いてあるのは、ほんの一瞬、日常が揺らいだことを表現するためだと思う。〝〈ソープランド〉のネオンが〟目に映り、その内部で行われているサービスや可能性にほとんど自動的に想像が及び、自身の〝下半身〟に一瞬だけ意識が向いた。そんな日常との微妙な差異を〝下半身から〟で捉えているのではないだろうか。「吉祥寺角海老」というお店らしい。

常設展「車窓」においで作品はまばたきのたび入れ替えられる／田中颯人

電車を美術館に見立てた一首。こう書いてしまうと簡単そうだが、実はかなり難しいことを成し遂げているように思う。電車で窓の外に目を向けている人も、美術館で絵画を鑑賞している人も、枠に囲われた何かを見ながらじっと立っているという点では同じだ。共通する部分だから、ここは見立てるための下地となるだろう。まったく違うのは、〝「車窓」〟の風景は動いていて、額の内の絵は止まっているという点である。ここをクリアせずに見立ててみても、作者としては不満が残るだろうし、読者にも受け入れられにくい。美術館には映像表現もある、というのは言い訳にしかならないだろう。解決策が見つからずにここで諦めてしまっていても不思議ではない。けれど、作者は〝作品〟が〝まばたきのたび入れ替えられる〟というアイデアによって、この見立てを成立させた。なんとも素晴らしい。成立させてくれてありがとうと思う。僕は満員電車が苦手なのだが、そんなときでも〝常設展「車窓」〟と心のなかで唱えれば、ただの苦しい移動の時間が、美術鑑賞の時間に変わるからだ。〝常設展〟とは美術館が保有しているコレクションを常時公開している展示のことだが、窓の外の風景はそれぞれの電車が保有しているコレクションなのだ。

まんなかに座るこどもに窓はなく信号のたび父の左手／山下ワードレス

後部座席には三人の〝こども〟がいるのだろう（後部座席のいずれかが大人であれば、安全面等を考慮してその人が〝まんなかに座る〟はずだから、三人とも〝こども〟だと判断した）。左右の〝こども〟にはそれぞれに間近で注目できる〝窓〟があり、そこを流れていく景色を見ている。〝こども〟同士が一通りのじゃれ合いを終えてしまうほど、長い移動なのかもしれない。きっと静かな車内だ。けれど、〝まんなかに座るこども〟には間近で注目できる〝窓〟がない。もちろん前を向けばフロントガラスはあるのだが、後部座席からは少し距離があり、左右の〝こども〟のように独占できているという感じではない。だから、ぼんやりと前方を見つめながら、ブレーキを踏む〝たび〟に〝父〟が伸ばす〝左手〟に目がいく（ここまでが三十一音に圧縮されていることに驚く）。助手席に座る人のためだったのかもしれないし、〝まんなかに座るこども〟のためだったのかもしれないが、〝父〟にとってはそれが日常的な所作なのだろうし、その〝こども〟にとってもそれはなんでもない風景だろう。けれど、読者（大人）はその〝左手〟に優しさを感じる。淡々と描写して、日常に溶け込んだ愛を読者に見つけてもらう。そんな作者の誘導が見事な作品だと思う。

肝臓に車窓があれば警官にコンコンされるような生活／サラダビートル

食べ過ぎ、運動不足、過剰な筋肉運動、精神的ストレス、睡眠不足など〝肝臓に〟負荷をかける原因はいくつかあるが、せめてもの償いとして飲む「ヘパリーゼ」には〝肝臓〟のイラストが印刷されているし、お酒の飲み過ぎで〝肝臓〟を壊したという人の話をたまに聞くから、特にアルコールの過剰摂取は〝肝臓に〟悪いイメージがある。どうやら〝肝臓に〟は痛みを感じる神経がなく、ある程度病気が進行しないと自覚症状もないらしい。鏡で見られないし、取り出して何か変なところはないかと確認できるものでもない。なんとなく〝肝臓に〟負荷をかけているなあという罪悪感はありつつ、またお酒を飲む。そんな〝生活〟なのかもしれない。僕も似たような感じだ。「警察24時」系のテレビ番組で〝警官〟が怪しい車に声をかけ、凶器や麻薬が見つかることがあるが、小窓ではなく〝車窓〟なのは、そのイメージを再現するためだろう。この発想が面白い。あんなふうに罪を見抜いて、外部から積極的かつ強制的に〝生活〟を取り締まってもらえたらどんなに楽か。今のところ我々の身体に〝車窓〟はないので、節度のある適度な飲酒（善行）や定期的な健康診断（自首）が大切だ。

ふるさとの丘の風車は遠ざかり車窓のなかで十字架になる／霧島あきら

近くで見る〝風車〟は紛れもなく〝風車〟であり、心境が作用したとしても、悲しげな〝風車〟や楽しげな〝風車〟に見える程度で、〝風車〟そのものはおそらく変化しない。だんだんと〝遠ざかり〟ながら〝車窓のなか〟の〝風車〟が小さくなっていくにつれて、心境が作用する割合が徐々に増えて〝十字架〟のように見えた、ということだと思う。映像的にはパッと切り替わるわけではなく、じんわりとピントがぼやけて、またじんわりとピントが合っていく感じだろう。〝十字架〟は苦しみと犠牲、死への勝利と救いというイメージを持つものだ。だからおそらく、大切な家族や友人を残して〝ふるさと〟を離れてしまうことへの罪の意識や、安心な場所を去ることへの不安、自身の今後や〝ふるさと〟の平穏を祈る気持ち、そういった複雑で、喜怒哀楽というふうには割り切れない主体の心境が投影されているのだろう。偶然だとは思うが、僕の〝ふるさと〟にも〝風車〟がある。永源山という山の頂上にそびえ立つそれは、あることが当たり前すぎて意識することすらなかったのだが、上京してしばらく経ち、この短歌を読んだうえで思い返してみると、ほんとうに僕の〝十字架〟のように思える。

べったりと付いた手形が家々にかさなりながら都心に向かう／シラソ

なぜこの短歌に惹かれたのかが全然わからなくてしばらく考え込んでしまい、正確に言語化できるかどうかも怪しいのだが、ちょっと書いてみる。この短歌でなされていることは、車窓という言葉を使わずに車窓を描く、だと思う（テーマとなる言葉だから外してくれたのかも）。電車、バス、自動車のいずれでも、車窓を眺めるとき、僕はおそらく車窓そのものを見てはいない。多くの場合、車窓に〝付いた〟汚れや、車窓に反射して映っている自分や車内の人々、その向こうに広がる風景を見ている。透明なんだから当たり前だろと言われればそうなのだが、目に入っているのに車窓そのものは見ていない感じが、この短歌を読んでいるときの感覚とかなり近い。何に、という説明が抜かれているからだろう。最後まで読んでみれば、それは車窓だとはっきりするのだが、それまでは車窓そのものを意識させない。主となるもの以外を塗りつぶして、主となるものを浮き彫りにする。短歌ではよく見られる手法だが、今回のテーマにかなりマッチしていた。

駅名が読めるくらいにゆっくりになって読めたらどうでもいいや／茂呂直人

電車でうっかり眠っていたり読書に夢中になっていたりして、目的の駅を過ぎてしまったのではないか、とあたふたしながら〝駅名〟を確認している、みたいな状況ではないのだろう。だとしたら、〝どうでもいいや〟ではなく、よかった安心したとか、遅刻だ終わった、というふうに着地するはずだから。そうではなくて、到着予定時刻や目的の駅がまだまだ先だということがわかっていて、天気がいいなあ暇だなあとのんびりしているときに、ちょうど電車が駅のホームに入ったからとりあえず流れていく〝駅名〟標を見ている、みたいな状況だろう。最初のうちは速くて無理なのだが、電車のスピードが落ちていくと次第に〝読める〟ようになる。けれど、判読不能な文字列に興味を惹かれていただけだから、〝読めた〟途端に〝どうでもいいや〟となるのだ。個人的にはあるあるで、旅先で電車に乗ったり、出張で遠くの駅まで電車移動をするときは特にこのようなことがよくあるのだが、読者のみなさんはどうだろうか。僕はこれまで数々の〝どうでもいいや〟を経てきたはずなのに、具体的な〝駅名〟がひとつも挙げられない。その事実もこのあるあるの精度を担保している。

車窓から世界を見るとき車窓から見られる私はちょっとモナリザ／遠藤ミサキ

今回の投稿作品には車内から何かを見ていたり、〝車窓〟に付着した何かや反射した何かを見ている短歌が多かったのだが、車外からの視線を取り入れた短歌は意外に少なかった。そのなかからこの短歌を選んだのは、〝モナリザ〟というユーモアはもちろんだが、〝ちょっと〟という幅の持たせ方が巧いと思ったからだ。マジで、とか、まさに、ではなく〝ちょっと〟とすることによって、内容に無理が生じなくなるし、〝モナリザ〟を構成する要素（表情、髪型、服、ポーズ、全体的な色合いなど）のいずれかに近いものがあれば、性別問わずこの短歌の〝私〟に自身を当てはめることができる。この人もあの人も当てはまりそうだ。〝車窓〟という額縁に切り取られた無数の〝ちょっとモナリザ〟たち。それを想像しながら電車に揺られる僕も自然にほほえんでしまい、〝ちょっとモナリザ〟になる。

ぼんやりとしりとりとりを聞くワイパーの円弧の外に落葉ひとひら／眞木　環

少なくとも三人が乗車している車内で主体は〝しりとり〟の外にいる。仲間外れにされているわけでも、体調が悪いわけでもなく、主体以外のあいだで〝しりとり〟が始まって、ただなんとなく乗り遅れたという感じだろうか。そんなとき主体の目は、木の枝から離れ、作動する〝ワイパー〟がつくる〝円弧〟に巻き込まれることもなく、ただ車窓に張り付いている〝ひとひら〟の〝落葉〟に向く。台詞や表情ではなく、見ているもので感情を表現しているのだとするとやはり、寂しい、ということになるのだろうか。主体の感情がもしも怒りならば、〝落葉〟ではなく、雨をなぎ払う〝ワイパー〟に目が向くような気がするからそうではないはずだ。でも、主体にあるのはほんとうに〝ぼんやり〟だけで寂しさとか怒りとか、すでに名前のついている感情ではないような気もする。そういう感情に振り分けられる以前のひとときに、同じく〝ぼんやり〟とそこにあるだけの〝落葉〟に目が向いた。〝しりとり〟から浮いている自身を〝円弧の外に〟ある〝落葉〟に重ねているようにも思えるが、感情がはっきりして自身を重ねる前の〝ぼんやり〟を映し出した特殊な一首なのではないかと思う。

その他の素晴らしい作品はこちら。

手のひらに運賃を何度も広げしきりに窓を見ている少女／葉村直

わきまえたかおを車窓に押し当ててすべての星を舐めさせてやる／水野咲

軽快に走る電車のドアガラス油性疲労が光を放つ／和田直樹

御茶ノ水―新宿間を流れゆくビルの残業代の総和よ／まろやか平和

どこにも見当たらない僕が窓の向こうに立っている寂しそうに／一泉　凡隘

ここまでがご投稿いただいた作品です。お読みいただきありがとうございました。最後に僕がつくった「車窓」の短歌と推敲の過程をご覧いただきます。

乗客が礼を言うまでてのひらのバスを覗いているウルトラマン／木下龍也

二〇一一年から短歌を始めて、結句を八音にするのは初めてだと思う。推敲の過程で結句八音になることはあっても、それを完成形としたことはなく、どうにか定型に収めてきた。だからこれが妥協による音数超過なのか字余りなのかいまだにわからない。ほとんど定型原理主義な僕としては大変心苦しいのだが、定型に収めようと四苦八苦したつもりではある。

が、このかたち以外にはなかった、この内容に最もふさわしい形がこれだった、としかいまは言えない。言い訳みたいになるが、どういうふうにここへ至ったかを解説してみたい。

①少年が車窓につけた鼻水を母は伸ばした袖でぬぐった

最初につくってみたのは実際に目にしたことのある光景だ。あるとき、中央線に乗り込むと、〝少年〟が座席で膝立ちとなって、普通に座っている状態であればその子の背後にある〝車窓〟から夕日を眺めていた。〝少年〟の隣に座る〝母〟親は、ちゃんと座りなさいと言いながらもほほえんでいた。しばらくそのふたりを眺めていると、ふいに〝少年〟がくしゃみをした。あ、と思った次の瞬間、〝母〟親は自身が着ていた服の〝袖〟をぐいっと〝伸ばし〟て、〝車窓〟のきらきらを拭き取った。うつくしくてうらやましい光景だったし、短歌にできそうだなとも思った。それで実際に短歌にしてみたのだが、現実を採取しただけだから手応えがないというか全然満足できなかった。「おじさんが車窓につけた鼻水を周囲の人が見ている時間」というのもつくってみたが、なんかつまらない。

②乗客が礼を言うまでてのひらのバスを覗いているウルトラマン

現実から離れてフィクションの方向に舵を切ってみることにした。危険に晒された〝バス〟を救助し、〝乗客〟が全員ありがとうと〝言うまで〟、じっと車内を〝覗いている〟ちょっと嫌な〝ウルトラマン〟。結句が八音となっているため、〝てのひらのバスを覗いているウルトラマン〟＋みんなが〝礼を言うまで〟、のように〝ウルトラマン〟を結句以外に置くパターンも考えてはみたのだが、みんな、としてしまうと〝バス〟の〝乗客〟以外の人も含んでしまう。それに、あの〝ウルトラマン〟が？　という意外性を描くためには、やはり〝ウルトラマン〟は結句にあったほうがいい。でも定型にしたいしなあ、とパソコンの前で頭を抱えた。

③乗客が礼を言うまでてのひらのベンツを覗くウルトラの父

長考の末、なんとか定型にはできた。〝覗いている〟を〝覗く〟に、〝ウルトラマン〟を〝ウルトラの父〟に変更した。音数の帳尻を合わせるために〝バス〟は〝ベンツ〟にサイズダウンした。定型原理主義を貫くならここで手打ちとしたほうがよかったのかもしれない。これまでの自分と照らし合わせながら、かなり揺らいだ。でも、やっぱり〝覗く〟じゃなくて〝覗いている〟のほうが、いままさに、という臨場感が出る。どうしてもこれは保ちたい。ならば結句を〝いる〟＋五音＝七音とするために、五音の候補としてハヤタ・シン、アムロ・レイ、巨大ロボ、など考えてはみたものの、〝ウルトラマン〟ほどしっくりくるものはなかった。そうでないと、だれもが思い浮かべられる巨大な正義のヒーローの意外な一面を描けない。

④乗客が礼を言うまでてのひらのバスを覗いているウルトラマン

「乗客が礼を言うまでてのひらのバスを見つめるウルトラの母」というのも推敲過程で書いてみたが、やはり〝覗いている〟のほうが、ぐっと〝礼を〟求めている感じが出る。

色々と検討してみた結果、元のかたちに戻り、これを完成形とした。結句八音にまだ胸がざわつくが、自分の頭のなかに浮かんでいる映像にもっとも忠実なのはこのかたちだった。五音の候補として何か良いものがあれば、こっそり教えてほしい。もしも、ああそれだ、となったらまあまあショックを受けるだろうから、教えてほしくないような気もする。

そういえばここ二、三年は短歌で広告のお仕事をさせていただく機会が増えてきました。これからは広告に短歌を使いたいという企業さんも増えてくると思います。そういうのをやってみたい人は街中の広告を見ながら、自分ならどんな言葉をここに添えるだろうと考えてみるのもいいかもしれません。テーマ詠で培った力が活かせるはずです。それでは次回もたくさんのご投稿をお待ちしております。

第12回

「ふわふわ」

第 12 回のテーマは「ふわふわ」です。たくさんのご投稿ありがとうございました。生活に柔軟剤を導入したところ、突然すべてのタオルが「ふわふわ」になった二十代の夏を思い出しました。それから色々な柔軟剤を試しているのですが、現在いちばん好きなのはラボンのシャイニームーンの香りです。それではさっそくみなさんの作品を見ていきましょう。

冷蔵庫上で見つかる陰毛のように私も高く飛びたい／絶対に終電を逃さない女

例えば、鳥、飛行機、風船、フィギュアスケーター、棒高跳びの選手などであれば、あんなふうに〝私も高く飛びたい〟という憧れの対象になるだろう。それらが〝高く飛〟んでいる姿を想像できるし、目にしたこともあるからだ。が、〝陰毛〟についてはそうではない。抜け落ちた〝陰毛〟が、なぜそんなところに、どうやってそこへ、という場所で発見されることは多く、僕もコンビニのおにぎりの棚など思いも寄らない場所にある〝陰毛〟に驚いた経験があるが、飛行や跳躍などのように〝高く飛〟んでそこにあるわけではないはずだ。おそらくタオルや手に付着していたものが落下しているのだろうけれど、それは推測に過ぎず、いつのまにかそこにあるのが〝陰毛〟である。正確な経路が不明なのだ。〝私〟はそんな〝陰毛のように〟高みへ行きたいと思っているのだろう。軽い身体で羽ばたくからとか、練習と努力を重ねたからとか、結果へ至るまでの道筋が理解できるような方法ではなく、自身としても、なぜこんなところに、どうやってここへ、と不思議がりながら、今よりも上の位置へ行きたい、楽して立身出世したい。そういう願望がありながら、実現は不可能だろうとか褒められたものではないという冷静な考えも持ち合わせている〝私〟だからこそ、その思いが〝冷蔵庫上で見つかる陰毛〟という無価値なものに重なった。そういう一首だと僕は読んだ。〝陰毛〟ってこんなにたくさん書いたのは初めてかもしれない。

フリルって花びら・うろこ・さざなみのレプリカ　淡く世界に触れる／石川真琴

〝花びら・うろこ・さざなみのレプリカ〟は主体が〝フリル〟から連想したものなのだろう。これらは同列なのかもしれないが、僕としては連想しながら〝フリル〟から離れていっているようにも見える。街ゆく人々にこの〝フリル〟は何に見えますか、と質問したとき〝花びら〟は多くの人が答えるくらいイメージとして近いはずだが、〝うろこ〟はなかなか答えられないだろうし、〝さざなみ〟までならまだしも、〝さざなみのレプリカ〟という詩的な答えを出す人はほとんどいないはずだ。だから〝花びら〟→〝うろこ〟→〝さざなみのレプリカ〟の順に〝フリル〟からは遠くなっているように僕は思う。なぜ遠くしているのかというと〝淡く世界に触れる〟ためだろう。大事なものほど距離を取りたい。そんな考えがあるのかもしれない。〝フリル〟を〝フリル〟として捉えることは現実そのものであり、濃く〝世界に触れる〟ことになる。現実にどっぷり浸かっていると、それだけ反動も大きい。〝フリル〟が汚れてしまったり、破れてしまったとき、〝フリル〟との距離が近ければ、主体も損なわれてしまうだろう。そうならないための対処であると読むこともできる。あるいは、全然そうではなくて、連想によって〝フリル〟のイメージを広げ、〝世界〟との接地面積を大きくすることで、点ではなく面として〝フリル〟を〝淡く世界に触れ〟させようとしているのかもしれない。離しているにせよ、広げているにせよ、〝フリル〟と〝世界〟と主体が、それぞれ〝淡く〟〝触れ〟合うことになり、その〝触れ〟方のすべてが〝フリル〟のような美しさや柔らかさを帯びているように思う。

のんびりと浮かぶそぶりで県外へ迷うことなく向かう雲たち／山下ワードレス

いくつかの〝雲〟が風に流されながら動いている、というどこにでもある風景を詠んだ作品だ。現実の〝雲たち〟に意思や意図はないため、〝のんびりと浮かぶそぶり〟をすることもなければ、〝県外へ迷うことなく向かう〟こともない。だから、どちらも主体の感情（おそらく孤独感のようなもの）が風景に反映された結果の表現だろう。こういうふうに書かれると、裏切られたような、見捨てられたような、置き去りにされてしまったような感情を、僕も〝雲たち〟へ抱いてしまう。主体にはそう見えていて、読者である僕も短歌越しにその感情を追体験させられるのだ。〝そぶりで〟という言葉の選択は、僕自身は持っていなかったはずの〝雲たち〟への期待を、まるで最初から持っていたかのように錯覚させる。そして〝県外へ迷うことなく〟で〝雲たち〟との距離がぐんぐん離れていく様子を思い浮かべさせ、その期待が今まさにぐんぐん裏切られているという臨場感付きの寂しさを与える。どこにでもあって、なんとも思っていなかったはずの風景が一変してしまうのだ。そんな演出も見事である。

気が付くと枕を優しく撫でていたそれを私はして欲しいのか／小御門優一郎

自分の〝して欲しい〟ことを意識的に誰かにしてあげれば、それがいつか自分に返ってくるかもしれない、という道徳のような話ではない。無意識の行動の理由は、無意識であるがゆえに自分ではわからない。〝枕を優しく撫でていた〟という経験は僕にはないが、ペットボトルやグラスをほとんど意識することなく〝撫でていた〟ことはある。そういう経験を思い返したとき、この歌の〝それを私はして欲しいのか〟という問いかけは、僕への問いかけにもなる。〝それを〟僕〝はして欲しいのか〟と。無意識の行動だから、そうである、と断言することはできない。だから〝して欲しいの〟だ、ではなく、〝のか〟という問いかけのかたちで終わっているのだ。この問いかけには答えがない。〝それを〟〝して欲しい〟ような気もするし、そうではないような気もする。が、答えが出ないからこそ脳内で響き続けるこの問いには、胸の奥底にある欲求を、喉元まで引き上げてくれるような不思議な力がある。

わたぼこりあつめるしごと（ねんまくとかみのおかねを引きかえにして）／髙山准

おそらく清掃の仕事を指しているのだと思うが、〝わたぼこりあつめる〟というふうにその仕事の要素を抜き出してひらがなにひらくと、具体化しているのか抽象化しているのかもよくわからなくなって、清掃の仕事には思えなくなってくる。さらに、ろうりょく（労力）とか、くじかん（九時間）とかではなく、〝ねんまくと〟〝引きかえに〟〝かみのおかねを〟得ているようなので、もっと清掃の仕事には思えなくなる。よく考えれば、〝わたぼこり〟によってアレルギー性鼻炎になりながらも、清掃をして対価を得ているという現実に近づけることはできるのだが、幼い言葉の選び方やひらがなの効果、〝ねんまく〟というやや性的な字面（※個人の感想です）のパワーをそのまま受け取ってみると、なんだかピクミンの挙動を心配しながら見守っているときのような気持ちにもなるし、ちょっといやらしい迷宮の入口に引き込まれそうにもなる。子ども向けでもあり大人向けでもある、そのちぐはぐな印象にくらくらしてしまった一首だ。

歯ごたえのない食事です　風船を手放してする真昼のキスは／常田瑛子

主体はなぜ〝キス〟を〝歯ごたえのない食事〟だと思ったのかを考えてみたい。実景として読むにせよ、象徴として読むにせよ、〝風船を手放〟すという行為は、子どもっぽさの放棄というふうに理解できるかもしれない。あるいは、わずかな緊張感を持ちながら大切にしていた何かをあきらめた、というふうにも読めそうだ。時間帯が夜ではなく〝真昼〟なのは、離れてゆく〝風船を〟見ようと思えば見ることのできる明るさであることを示すためだろう。見ようと思えば見ることができるのに、主体は〝キス〟をしているためにそれを見ていない。〝キス〟をしながら目で〝風船を〟追うのはむずかしい。だが、やはり大切にしていたものだから気にはなる。見送りたいという気持ちはある。それゆえに〝キス〟に集中できず、ただ口を動かしているだけのようだった。心は相手の唇ではなく〝風船〟に奪われている。だから〝歯ごたえのない食事〟という表現になったのではないだろうか。何かが次の段階へ進むとき、自分は何を〝手放して〟しまったのか気になることがある。それを確認したいと思いながらも、人は目の前の出来事に飲み込まれていってしまう。自分から離れていくすべてを見送ってやることはできない。この歌の根底にはそういう切なさがあるように思う。

ふわふわで殴れば死にはしないから一番硬いやつをください／みえるて

　あえて〝ふわふわ〟というふうに抽象化しているのだろう。主体には目の前に並ぶ〝ふわふわ〟がはっきりと見えているっぽいのに、読者はその〝ふわふわ〟が何なのか最後までわからないし、それゆえに〝一番硬いやつ〟って何なのかと推測することもできない。読者は冒頭から置き去りにされるのだ。おそらく主体の速さを演出するためだと思う。置き去りにされるということは、主体が前のめりに速く進んでいるということだ。具体化してみるとどうだろう。〝ふわふわ〟は、たんぽぽやマシュマロにも置き換えられるが、これでは読者が結句まで並走できてしまって、主体の速さを感じられそうにない。殺したいほどではないけれど、めちゃめちゃムカつくから〝死にはしない〟程度に〝ふわふわ〟のなかの〝一番硬いやつ〟でそいつを攻撃したい。怒りに満たされて後先を考えられなくなった主体の速さを、あえて置き去りにすることで読者にも感じさせる。そんな一首に仕上がっている。素晴らしい。そういえば、綿で人を殴打したら捕まるのだろうか。

木目の波見ながら微熱の舟に浮く今日の図工は版画だったな／把手

症状によって切迫するほど苦しくはないけれど、起き上がって何かをする元気もなく、ただ横になっている〝微熱の〟ぼんやりとした感じが、緻密に再現されている一首。和室ならば天井や柱、洋室であっても家具など、様々なところに〝木目〟はある。その模様から視覚的に引き出された〝波〟のイメージが、〝微熱〟によってぼうっとしている主体の身体、あるいは布団を、静かに揺れる〝舟〟のイメージに変える。深く眠ることもできず、ただ目を開けている状態なのだろう。イメージの海原を漂流する主体を、現実に引き戻すのは〝版画〟だ。なぜ〝版画〟なのだろうと考えてみると、おそらくこれは冒頭の〝木目〟から来ている。イメージしているのは〝波〟であっても、実際に目にしているのは木の模様である。それが〝版画〟を連れて来たのだ。〝今日の図工〟を楽しみにしていたのかもしれないし、ただトピックとして頭に浮かんだだけなのかもしれないが、これによって主体はイメージの世界から少し離脱する。イメージが次のイメージを呼び、ときおり現実に引き戻されながら、〝舟〟の上で、布団の上で、横になっている。そんな、だれしも子どもの頃にあったであろう日を、ありありと思い出すことができる歌だ。驚くべき再現力だと思う。読んでいるとなんだか僕も〝微熱〟がある気がしてきた。

右腕のギブスに降りた綿雪が白を濃くするみたいに溶けた／山下ワードレス

もしも主体が骨折していなければ、もしも〝綿雪が〟雨だったら、こんなに美しい映像が僕の頭に浮かぶことはなかっただろう。服の袖に〝降り〟てはだめなのだ。そこに〝降りた綿雪〟を主体は気にしないかもしれないから。雨ではだめなのだ。それは透明で、濡れているという感想しかもたらさないかもしれないから。〝綿雪が〟〝ギブスに〟着地し、主体がそれを視認し、ただ濡れただけだとしても、まるでその〝白を〟移しているかのようにゆっくりと、〝ギブス〟の〝白を濃くするみたいに溶けた〟と認識する。そんなひとときのための奇跡的な条件が揃って初めて、この歌は成り立っているのだ。〝右腕の〟という焦点の絞り方も非常に巧い。これによって多くの人が、同じ構図の接写された映像を頭に浮かべるようになるはずだ。定かではないが、作者が思い浮かべた映像が、ほとんどそのまま僕の頭に浮かんでいる気がする。こんな経験は滅多にないから（思い違いかもしれないが）うれしく思う。

その他の素晴らしい作品はこちら。

フワちゃんのフワが不破だと知ったとき想像上の硬度が変わる／平井まどか

たんぽぽの　ぽぽ　の部分を分けあってふたりふうわり頬が触れあう／村岡満彌里

眼で触れる緑に没する想像を高度一万キロメートルから／土屋サヤカ

忘れてるよと渡される退職の日の座布団のじわじわふくらむ／瀬戸口祐子

耳かきにふわふわつけてくれた人豊かな髭を持っててほしい／川島　海

ここまでがご投稿いただいた作品です。お読みいただきありがとうございました。最後に僕がつくった「ふわふわ」の短歌と推敲の過程をご覧いただきます。

老犬がドアにもたれてねむるから父は今夜も長風呂となる／木下龍也

テーマが「ふわふわ」に決まってから実際に短歌をつくり始める前に、この入口なら完成形まで持っていけるかも、みたいなメモを五つ残していた。

・薄闇のなかをスマホに照らされた顔面が近づいてくる
・げっぷの気団がテーブルの上を渡って鼻に来る
・適切に相槌を打ちながらあなたが崩してゆくホッケの身
・麻酔から覚めると世界からいらないもの（憂鬱や痛みなど）まで押しつけられる
・ティッシュは鼻水を抱いて風と縁を切る

どれもなんというかニッチだ。「ふわふわ」と聞いてパッと思い浮かぶようなもの、例えば、わたがしとかマシュマロとか雲とか毛の多い動物とかそういうものを避けて、狭い入口を選んでいる。意識的に選んでいるというよりは、投稿をきっかけに短歌を始めた僕が他の投稿者と被るのを恐れ続けた結果、そういう癖がついているのだと思う。狭い入口から入って、広い出口へ短歌を連れて行こうとしているのだろう。先日、対談させていただいたコピーライターの谷山雅計さんも僕の第一歌集の感想として、似たようなことをおっしゃっていた。だから、さっきの五つではなく、今回は広い入口を選ぶ事にした。「ふわふわ」と聞いて僕がパッと思い浮かべるもの。それは犬だ。

①愛犬がドアにもたれてねむるから風呂場はしばし密室となる

広い入口から広い出口へ向かってはならない。というか、僕はそのやり方で短歌を読み応えのあるものにできる自信がない。「ふわふわ」というテーマにおいて広い入口を選んだのであれば、何かを特殊にしなければ自身を納得させる一首にはできないと思った。だから〝風呂場〟が〝愛犬〟によって〝密室となる〟という状況の短歌にしてみたのだ。家に自分ひとりしかいない状況で、廊下に積み上げた荷物が倒れ、倉庫として使っていた窓のない小部屋に数日閉じ込められたという最近聞いた怖い話がヒントになった。

②サモエドがドアにもたれてねむるから風呂場はゆるく密室となる

〝愛犬〟の犬種を限定してみてはどうだろうと、同じく四音の〝サモエド〟に変更してみた。かなり「ふわふわ」な犬である。テーマにも忠実なものとなりそうで、具体的に姿も頭に浮かべやすいかなと思ったが、具体的であるがゆえに、出口を狭くしすぎてしまう感じも否めない。〝しばし〟を〝ゆるく〟に変更したのは、犬に悪意はないからだ。犬はただ飼い主のそばにいたいと思っているだけで、閉じ込めてやろうと思っているはずがない。飼い主のことが好きで、たまたまそうなっているだけなのだ。

③老犬がドアにもたれてねむるから父は今夜も長風呂となる

〝愛犬〟に戻してもよかったのだが、〝老犬〟とすることによって〝ドアにもたれてねむ〟ってしまう仕方なさのようなものを添えた。また、閉じ込められる対象を主体から〝父〟に変えることで、いつでも主体が〝老犬〟を移動させることができるようにし、その状況の危険性を緩和した。さらに、〝父〟が〝老犬〟を気遣った結果、〝今夜も長風呂〟をしているという話にすることで人間側の優しさも表現してみた。これで幸せに丸く収まったような気がするので、③を完成形とした。

そういえば、二〇〇七年に出版された谷山雅計さんの『広告コピーってこう書くんだ！読本』（宣伝会議）の増補新版が発売されました。何かを書くうえで僕の礎になっている本で、作歌に役立つこともたくさん書かれているので、みなさんもぜひお読みになってみてください。それではこれからも楽しみにしております。

木下龍也の短歌の記録

「群れ」

はなびらに殺到されてまたひとつ桃色に干上がる水たまり

「夏」

背に汗の羽を浮かべて坂道を漕ぐだれひとり飛べない夏だ

「気になるスキマ」

金伍萬圓から五万円を抜き他にもないか見るときの顔

「虫」
脚裏に脚裏を乗せ実像と虚像の蝿が鏡を登る

「ゆがむ」
次の行へと移るたび便箋に生まれてしまう手汗の湿地

「ヘビロテ」
もうだめだハイハイで自首しようって思ってたのに母乳がうまい

「休む」
せせらぎをかつて両手で休ませてこぼしながらもたましいとした

「ガム」
愛されていたひとときにしがみつく黒いガムから地球を剝がす

「3／サン／さん」
一本の幹をゆっくり削られて姓が森から林へ変わる
一本の苗木をそっと植えられて林から森へと変わる姓

「やがて」
やがて満ち足りる湯船に身を投じ水位に加勢しただけの夜

「車窓」
乗客が礼を言うまでてのひらのバスを覗いているウルトラマン

「ふわふわ」
老犬がドアにもたれてねむるから父は今夜も長風呂となる

装幀　　名久井直子
カバー文字　矢島峰月

初出
「群像」2023年7月号〜2024年5月号、2024年7月号

木下龍也（きのした・たつや）

1988年山口県生まれ。歌人。歌集に『つむじ風、ここにあります』、『きみを嫌いな奴はクズだよ』（ともに書肆侃侃房）、鈴木晴香との共著『荻窪メリーゴーランド』（太田出版）、『オールアラウンドユー』（ナナロク社）。他の著書に岡野大嗣との共著『玄関の覗き穴から差してくる光のように生まれたはずだ』、谷川俊太郎と岡野大嗣との共著『今日は誰にも愛されたかった』、谷川俊太郎との共著『これより先には入れません』、『天才による凡人のための短歌教室』、『あなたのための短歌集』（すべてナナロク社）がある。

KODANSHA

すごい短歌部（たんかぶ）

二〇二四年一一月二六日　第一刷発行

著者　木下龍也（きのしたたつや）

発行者　篠木和久

発行所　株式会社 講談社
東京都文京区音羽二‐一二‐二一
郵便番号　一一二‐八〇〇一
電話　出版　〇三‐五三九五‐三五〇四
販売　〇三‐五三九五‐五八一七
業務　〇三‐五三九五‐三六一五

印刷所　TOPPAN株式会社

製本所　株式会社若林製本工場

　Printed in Japan　ISBN 978-4-06-536359-1